Susanna Carr
Casada con el jeque

Editado por HARLEQUIN IBÉRICA, S.A.
Núñez de Balboa, 56
28001 Madrid

I.S.B.N.: 978-84-687-2723-3
Depósito legal: M-2868-2013
Editor responsable: Luis Pugni
Fotomecánica: M.T. Color & Diseño, S.L. Las Rozas (Madrid)
Impresión en Black print CPI (Barcelona)
Fecha impresion para Argentina: 7.10.13
Distribuidor exclusivo para España: LOGISTA
Distribuidor para México: CODIPLYRSA
Distribuidores para Argentina: interior, BERTRAN, S.A.C. Vélez
Sársfield, 1950. Cap. Fed./ Buenos Aires y Gran Buenos Aires,
VACCARO SÁNCHEZ y Cía, S.A.

Capítulo 1

LA OSCURIDAD se cernió sobre el desierto cuando el todoterreno negro se detuvo delante de la posada del pueblo, un edificio grande, pero sencillo. Los arcos y las columnas que rodeaban el patio estaban decorados con guirnaldas de flores. Habían colgado tiras de luces de las palmeras. El jeque Nadir ibn Shihab oyó la música tradicional que provenía del otro lado de las columnas. En la distancia se divisaban fuegos artificiales que anunciaban su llegada.

Era hora de conocer a su prometida.

Nadir no sentía emoción alguna, ni curiosidad ni miedo. Tener una esposa era un medio para conseguir un fin. No se trataba de una elección emocional, sino de un arreglo civilizado; un acuerdo necesario dos años después de aquella reacción emocional y temeraria que tan cara le había costado.

Ahuyentó esos pensamientos. No podía pensar en la injusticia en ese momento. Con esa boda repararía el daño que le había hecho a su reputación y nadie volvería a cuestionar su compromiso con las tradiciones y costumbres de Jazaar.

Bajó del coche. El fuerte viento le sacudió el abrigo. El *dishdasha* se le pegó al cuerpo. El tocado blanco ondeó en el aire. La ropa tradicional era poco práctica, pero ese día la llevaba por respeto. Vio que se acercaba su hermano pequeño. Sonrió al ver que Rashid también llevaba el atuendo tradicional. Se saludaron con un abrazo.

–Llegas muy tarde para tu boda –le dijo Rashid en un tono confidencial.

–No empieza hasta que yo llegue –dijo Nadir, retrocediendo.

Rashid sacudió la cabeza ante la arrogancia de su hermano.

–Lo digo de verdad, Nadir. No es esta la forma de hacer las paces con la tribu.

–Lo sé. He venido lo antes que he podido.

Llevaba todo el día mediando entre dos tribus que se disputaban un terreno sagrado, y eso era más importante que un festejo nupcial, aunque fuera el suyo propio.

–Los ancianos no se van a quedar contentos –le dijo Rashid mientras caminaban hacia el hotel–. A sus ojos, deshonraste a tu país de la peor manera hace dos años. No te van a perdonar por llegar tarde.

Nadir no estaba de humor para aguantar el sermón de su hermano pequeño.

–Me voy a casar con la mujer que ellos han escogido, ¿no?

El matrimonio era en realidad una alianza política con una tribu muy influyente que parecía respetarle y temerle mucho. Según había oído, el apodo que le habían puesto por esos lares era «La Bestia». Al igual que simples mortales que saben que han despertado la cólera de un dios, los ancianos estaban dispuestos a sacrificar a una joven virgen, entregándosela como esposa.

Nadir se acercó a la fila de ancianos, vestidos con sus mejores galas. Al ver sus caras solemnes y serias, supo que Rashid tenía razón. No estaban nada contentos con él. Si esa tribu no hubiera sido una pieza importante en sus planes de reforma para el país, habría continuado ignorándola por siempre jamás.

–Mis más sinceras disculpas –les dijo, haciéndoles una reverencia.

Le traía sin cuidado ofender a esos hombres, pero decidió seguir adelante con el protocolo.

Aquel ritual de saludos tan prolongado no tenía ningún sentido para él, pero tenía que ser diplomático. Estaba luchando por aplacar la ira política de los ancianos, y la mejor forma de hacerlo era aceptar a una mujer de su tribu como esposa. La maniobra debería haber apaciguado ya los ánimos, pero los líderes no parecían del todo satisfechos.

Le invitaron a pasar al patio. El sonido de los tambores hacía vibrar el aire y le daba ritmo a un canto milenario. De pronto Nadir sintió que algo le tiraba por dentro, pero no quiso unirse a los festejos. Los invitados debían de estar muy contentos porque el jeque se iba a casar con una mujer de la tribu, pero él no estaba satisfecho con el giro que habían dado las cosas.

—¿Sabes algo de la novia? —le susurró su hermano al oído—. ¿Y si no es de tu gusto?

—Eso no tiene importancia —le dijo Nadir con tranquilidad—. No tengo intención de convivir con ella. Me casaré con ella y me la llevaré a la cama, pero en cuanto terminen los festejos de boda, vivirá en el harén en el palacio del sultán. Tendrá todo lo que necesite y yo recuperaré mi libertad. Si todo sale bien, nunca más volveremos a vernos.

Nadir escudriñó a la multitud. Los hombres estaban a un lado del pasillo, vestidos de blanco, cantando y dando palmas, provocando a las mujeres para que bailaran más deprisa. El otro lado era un río de colores con pinceladas de oro. Las mujeres se movían en silencio, tentadoras, meneando las caderas con disimulo hasta donde permitía el decoro. Sus vestidos sueltos y vaporosos se tensaban sobre curvas voluptuosas.

De repente todos se percataron de su presencia. Una ola de silencio se propagó entre la gente. La música terminó abruptamente y todo el mundo se quedó de piedra, mirándole. Se sentía como un huésped no deseado en su propia boda. Estaba acostumbrado a ver esa hosquedad en los rostros de sirvientes y políticos. Las empresas extranjeras habían dicho de él que era tan traicionero como un chacal cuando les había impedido aprovecharse de los recursos de Jazaar. Los periodistas decían que hacía cumplir la ley del sultán sin piedad, como un escorpión cuando usa su mortífero aguijón. Incluso habían llegado a compararle con una víbora cuando había respondido a la ofensiva de esos rebeldes sedientos de sangre. Sus paisanos bien podían temer mirarle a los ojos, pero sabían que cuidaría de ellos por todos los medios.

Nadir avanzó por el pasillo. Rashid iba justo detrás. Los invitados no tardaron mucho en recuperar el espíritu festivo. Reanudaron los cánticos y le rociaron con pétalos de rosa. Parecían descaradamente contentos; felices porque los festejos nupciales, que durarían tres días, acababan de comenzar. Nadir frunció el ceño. Los hombres sonreían de oreja a oreja y las mujeres gritaban... Parecía que hubieran aplacado el hambre de La Bestia.

Mantuvo la vista al frente. Había un estrado justo en el medio. Encima había dos sillas doradas, similares a tronos, flanqueadas por dos divanes. Su futura esposa estaba sentada en uno de ellos, esperándole con la cabeza baja y las manos entrelazadas sobre su regazo.

Al verla Nadir aminoró el paso. Llevaba un vestido tradicional, rojo carmesí. Un tupido velo le tapaba el cabello, enmarcándole el rostro y cayendo en cascada sobre sus hombros. El corpiño, con incrustaciones de oro, se le ceñía al cuerpo, dejando entrever unos pechos pequeños y una cintura esbelta Sus manos, delicadas, estaban decoradas con un tatuaje de henna.

La observó durante unos segundos, con el ceño fruncido. Había algo distinto, algo que no encajaba en aquella joven novia... Se detuvo de repente en mitad del pasillo.

–¡Nadir! –le susurró su hermano, apremiándolo.

–Ya veo –su tono de voz resultó fiero y gutural. No daba crédito a lo que veía.

La mujer que tenía delante no era una novia de Jazaar, digna de un jeque. Era una marginada, una mujer con la que ningún hombre querría casarse. Los líderes de la tribu le habían tendido una trampa. Nadir se quedó quieto, petrificado, paralizado por la ira. Había accedido a casarse con una mujer escogida por la tribu, lo había hecho con buena fe... Pero la mujer que tenía delante era la sobrina huérfana y americana de una de sus familias.

Aquello era un insulto. Pero también era un mensaje. Evidentemente la tribu le había tomado por alguien demasiado moderno y occidental como para saber apreciar a una auténtica novia de Jazaar.

–¿Cómo se atreven? –masculló Rashid–. Nos vamos ahora mismo. En cuanto el sultán se entere de esto, repudiaremos a esta tribu oficialmente y...

–No –la decisión de Nadir fue rápida y contundente.

Aquello no le gustaba en lo más mínimo, pero todo su instinto le decía que debía hacerlo por un bien mayor.

–Yo he aceptado su elección.

–Nadir, no tienes por qué hacerlo.

–Sí que tengo que hacerlo.

La tribu esperaba que rechazara a la mujer. Querían que se rebelara contra las tradiciones del país y que demostrara que no apreciaba la forma de vida de Jazaar.

No podía hacer eso. No podía hacerlo de nuevo.

Y los ancianos lo sabían.

Arrugó los párpados hasta cerrar los ojos casi por completo. Aceptaría a esa mujer sin honor y acabaría con los ancianos de la tribu uno a uno en cuanto terminaran los festejos de la boda.

–Tengo que protestar –dijo Rashid–. Un jeque no se casa con una marginada.

–Estoy de acuerdo, pero necesito una esposa, y cualquier mujer de esta tribu me sirve. Esta mujer dará tantos problemas como cualquier otra.

–Pero...

–No te preocupes, Rashid. Voy a cambiar de planes. No voy a dejarla vivir en el palacio del sultán. La voy a recluir en el palacio de las montañas.

La escondería; ocultaría cualquier evidencia de la vergüenza a la que le había sometido la tribu. Nadie sabría jamás que había pagado una dote enorme por una esposa que no era digna de él.

Hizo un esfuerzo por echar a andar. La rabia caliente que sentía se transformó en hielo a medida que se acercaba a su futura esposa. Tenía el rostro pálido, los labios muy rojos y los ojos pintados de kohl. Llevaba una tupida diadema de rubíes y diamantes, largas columnas de pulseras de oro en ambos brazos y una maraña de collares en el cuello. Estaba vestida como una novia de Jazaar, pero era evidente que no era como las de verdad. Su mirada, siempre baja, y la rígida postura de su cuerpo apenas podían esconder esa naturaleza rebelde. Había un gesto casi desafiante en su expresión; parecía irradiar una energía provocadora...

Sensualidad... No podía negarlo. Aquella mujer tenía un toque sexy, terrenal, poderoso. La auténtica novia de Jazaar hubiera sido modesta y tímida; nada que ver con la doncella misteriosa y exótica que tenía delante. Podía imaginársela fácilmente bailando en el desierto, en mitad de la noche, descalza junto a una hoguera...

La joven levantó la vista con prudencia. Sus miradas se encontraron... Nadir sintió el golpe...

Zoe Martin sentía que la sangre corría por sus venas sin ton ni son mientras contemplaba esos ojos hipnóticos, oscuros. Por mucho que quisiera, no era capaz de apartar la mirada. Los ojos se hicieron más oscuros todavía. Se sintió como si estuviera atrapada en una tormenta de arena.

«Por favor, que no sea este el hombre con el que me tengo que casar», pensó.

Tenía que tenderle una trampa a su futuro marido, manipularle durante la luna de miel... ¿Cómo iba a hacerlo si era ese el hombre con el que estaba destinada a casarse? Bastaba con una sola mirada para saber que ese individuo era demasiado peligroso para los planes que se traía entre manos.

El jeque Nadir ibn Shihab no era apuesto. Sus rasgos eran demasiado duros, primitivos. Su rostro se componía de líneas duras y ángulos afilados. Su nariz beduina y esa mandíbula poderosa parecían insinuar un carácter difícil. Tenía los pómulos prominentes, un hoyuelo en la barbilla... Había un atisbo de suavidad en sus labios, pero la curva cínica de su boca advertía de una naturaleza impaciente. Sin ninguna duda, sus súbditos debían de hacer todo lo posible para mantenerse alejados de ese hombre, para no ser víctimas de su envenenado aguijón.

El color blanco perlado del *dishdasha* hacía contraste con su piel bronceada, casi dorada, pero no llegaba a cubrir del todo su cuerpo esbelto, enorme. Con cada movimiento que hacía, llamaba la atención sobre sus músculos macizos, compactos, duros. Zoe se dio cuenta de que esa apariencia elegante y compuesta no era más que fachada. Había crecido rodeado de opulencia y privilegios, pero pertenecía al desierto, implacable, hostil... Tenía la belleza cruda del desierto, pero también tenía su crueldad.

El jeque no tenía expresión alguna en el rostro, no expresaba emociones... Pero Zoe sentía el embiste de una energía arrolladora. Se encogió ligeramente; la piel le escocía bajo ese escrutinio inexorable. Quería frotarse los brazos, darse calor. Sentía la necesidad imperante de huir de allí, de renunciar a todo. La mano del miedo se cerró sobre su corazón. ¿Por qué se sentía así? El jeque no la había tocado todavía. Quería dar media vuelta y echar a correr, escapar de allí. Los latidos de su corazón retumbaban en sus oídos. Su respiración se hacía entrecortada. El instinto de supervivencia le decía que debía escapar, pero no podía moverse.

–As-Salamu-Alaykum –le dijo Nadir, sentándose a su lado.

Zoe se estremeció al oír esa voz masculina, hosca. El timbre era suave, pero el tono resultaba autoritario, casi tiránico... Apelaba a un oscuro deseo que se escondía en un rincón de su mente. De repente sintió un extraño cosquilleo en el vientre.

–Encantado de conocerte –añadió con una fría cortesía.

Zoe se sobresaltó. Todo el oro que llevaba encima tintineó. Le había hablado en inglés. Hacía tanto tiempo que no oía su lengua materna... De pronto sintió lágrimas en los ojos. Se mordió el labio para no derramar ni una. No debería haberse sorprendido tanto, no obstante, de que el jeque hablara inglés. Había estudiado en los Estados Unidos, viajaba mucho y conocía varios idiomas, además de las lenguas autóctonas de Jazaar. La frecuencia con la que viajaba al extranjero era una de las razones por las que había accedido a casarse con él.

Pero la curiosidad pudo con ella. No podía imaginarse al hombre que tenía al lado haciendo algo por alguien sin esperar nada a cambio.

–¿Por qué me habla en inglés?

–Eres americana. Es tu lengua.

Ella asintió con la cabeza, pero mantuvo la cabeza baja. Su mirada estaba fija en sus manos, entrelazadas sobre su regazo. Había sido su lengua, hasta que su tío le había prohibido hablarla.

–Aquí no se habla.

–Es por eso que la estoy usando –le dijo él en un tono indiferente, mirando hacia el patio–. El inglés será la lengua que usaremos para comunicarnos, y así nadie sabrá lo que estamos diciendo.

De repente Zoe lo entendió todo. Quería crear cierta complicidad con ella. Era una estrategia muy astuta... Pero no iba a morder el anzuelo.

–Se supone que no puedo hablar durante la ceremonia.

Sintió su mirada sobre la piel nuevamente. El aire pareció echar chispas.

–Pero yo quiero que hables.

¿Acaso la estaba poniendo a prueba, para ver si merecía ser una novia de Jazaar?

- Mis tías me dieron órdenes estrictas al respecto. No se me permite hablar, ni levantar la cabeza.

–¿Pero qué te importa más? –le preguntó en un tono arrogante–. ¿La opinión de tu marido o de tus tías?

«Ninguna de las dos...», hubiera querido decir Zoe. Era una respuesta tentadora, pero sabía que no podía permitirse el lujo de dejar de seguirle el juego.

–Haré lo que me pida –dijo, ahogándose con las palabras.

Él dejó escapar una carcajada soberbia y masculina.

–Si sigues diciendo eso, nos llevaremos muy bien.

Zoe apretó los dientes. No quería darle una respuesta afilada. Se tragó la réplica justo a tiempo. Uno de los ancianos acababa de subir al podio. Tal y como era de esperar, el hombre la ignoró por completo y se dirigió al jeque. Ella siguió mirándose las manos. Apretó los dedos, entrelazados. La mordida del dolor no consiguió disolver esos pensamientos atormentados. No iba a conseguirlo. Mantener ese gesto impasible e indiferente era imposible. Las primeras grietas en su autocontrol no tardarían mucho en aparecer. Era cuestión de tiempo. Y su familia lo sabía también. Las miradas condenatorias que le regalaban sus tías bien podrían haberle hecho un agujero en el velo. Sabía que su apariencia, sus modales, no estaban a la altura de las expectativas de su familia. Nunca lo habían estado. Su rostro era demasiado pálido; le faltaba refinamiento, encanto femenino. No importaba que el velo ocultara sus rasgos faciales, ni tampoco que su pose cabizbaja intentara esconder unos ojos grandes y expresivos... Todos sabían que no era una joven como las demás. Hablaba demasiado alto, caminaba más deprisa de lo debido, y por mucho que se lo dijeran, nunca sabía dónde ponerse.

Era demasiado americana, demasiado problemática...

Sus familiares pensaban que debía ser sumisa, servil, y habían tratado de transformarla, haciendo uso de los castigos más bárbaros que conocían. La habían privado de alimentos, de sueño, la habían golpeado... Nada había funcionado. Se había vuelto más rebelde, decidida a salir de aquel infierno. Ojalá hubiera tenido un plan mejor para escapar... Ojalá su libertad no hubiera dependido de algo tan difícil como fingir ser la mujer perfecta.

Cuando el último anciano bajó del podio, sintió la mirada de Nadir sobre la piel. Se puso tensa, pero mantuvo la vista fija en las manos. ¿Había pasado la prueba?

—¿Cómo te llamas?

Zoe abrió los ojos. ¿Se lo estaba preguntado en serio? Sintió ganas de darle un nombre falso, un nombre obsceno, de una stripper... Casi esbozó una sonrisa traviesa. Ojalá hubiera podido hacerlo... De no haber sido tan severo el castigo...

–Zoe Martin.

–¿Cuántos años tienes?

«Suficientes», pensó, pero se mordió la lengua.

–Tengo veintiún años.

¿Cómo era posible que el jeque no supiera nada de ella? ¿No sentía la más mínima curiosidad por la mujer con la que se iba a casar? ¿Le daba igual?

–¿Tienes acento texano?

Zoe se mordió el labio inferior. Recuerdos de su hogar la asaltaron de repente. Hacía tanto tiempo que no se sentía parte de una familia... Allí la querían, la protegían...

–Tiene muy buen oído –le dijo ella con discreción–. Pensaba que ya había perdido el acento.

«Junto con todo lo demás...».

–Texas está muy lejos de aquí.

Zoe sabía lo que le estaba preguntando en realidad. Le estaba preguntando cómo había terminado en Jazaar. Ella se hacía esa misma pregunta una y otra vez.

–Mi padre era médico y trabajaba en una organización humanitaria. Así conoció a mi madre, durante una visita a Jazaar. ¿Nadie le dijo nada de mí?

–Me dijeron todo lo que necesitaba saber.

Zoe sintió curiosidad. ¿Qué le habían dicho de ella...? Tampoco estaba segura de querer saberlo.

–¿Todo lo que necesitaba saber? –repitió, instándole a especificar más.

Los sirvientes estaban llevando platos de comida hacia el podio.

Él se encogió de hombros.

–Eres parte de esta tribu y estás en edad de casarte.

Zoe esperó un segundo antes de hablar.

–¿Nada más?

–¿Qué más necesito saber?

Ella abrió los ojos. Tanta indiferencia la dejaba sin aliento, pero sabía que debía estar agradecida por ello. Era mejor que no hubiera hecho preguntas ni recopilado información alguna sobre ella. De haberlo hecho hubiera descubierto con qué clase de mujer iba a casarse.

Apenas fue capaz de probar bocado durante el banquete. Normalmente tenía buen apetito, pero esa noche los distintos olores a especias eran abrumadores. Justo después de la comida, comenzó el desfile de invitados que se acercaban al podio para darle la enhorabuena a la pareja. En una situación como esa, era una suerte que nadie esperara ni una sola palabra de ella. Apenas escuchaba lo que decían... Estaba demasiado pendiente del hombre que tenía al lado.

–Creo que va a estar muy ocupado con ella, Su Alteza. No parece que vaya a traerle más que problemas.

Zoe levantó la vista al oír esas palabras. Sabía que debía mantener la cabeza baja, pero era sorprendente que alguien se atreviera a advertirle algo así al jeque. ¿No trataban de librarse de ella dándola en matrimonio? Nunca se había llevado bien con la esposa de ese comerciante adinerado... La mujer le había prohibido que entrara en su tienda, pero ella ya estaba acostumbrada a la exclusión y siempre se las arreglaba para hacer las compras con buenas estrategias y mucho sigilo.

–Tarda mucho en aprender –dijo la vieja–. No importa lo fuerte que la abofetee su tío. Ella siempre contesta.

–¿En serio? –exclamó Nadir–. A lo mejor el que tarda en aprender es su tío. Quizá debería aprender otra estrategia.

Zoe se sorprendió. Agachó la cabeza de inmediato para que nadie pudiera ver su expresión. ¿Acaso estaba cuestionando los métodos de su tío Tareef? ¿No se apoyaban siempre los hombres los unos a los otros? ¿No cerraban filas en contra de una mujer?

—Nada funciona con Zoe. Una vez quemó la cena. Obviamente fue castigada por ello y era de esperar que hubiera aprendido la lección, pero al día siguiente echó un bote entero de picante en la comida. Su tío se pasó semanas con llagas en la boca.

—No fue culpa mía que siguiera comiendo —dijo Zoe, fulminando a la mujer con una mirada—. Y por lo menos no estaba quemada.

Al darse cuenta del error que había cometido, Zoe se encogió por dentro. Agachó la cabeza de golpe como si nada hubiera pasado. Hubo un silencio largo y tenso... Sintió la mirada del jeque. De forma instintiva echó los hombros hacia delante, como si eso fuera a hacerla más pequeña, invisible.

—Espero que tus capacidades culinarias hayan mejorado.

Zoe asintió con la cabeza. Era una mentira, pero él jamás lo sabría. Afortunadamente había decidido ignorar su exabrupto. Era toda una sorpresa que no hubiera hecho ningún comentario al respecto.

Probablemente se lo estaba guardando todo para más tarde. Después de la ceremonia tendría que enfrentarse a un largo sermón.

—Como nada había funcionado hasta el momento, Zoe fue obligada a atender a los enfermos hasta que aprendiera a comportarse. Lleva años cuidando de mujeres pobres.

Zoe sabía que la tarea de cuidar a las mujeres mayores de la tribu era cosa de las sirvientas, pero le traía sin cuidado. Eso era lo que quería hacer. El arte de los remedios caseros la fascinaba y le gustaba ayudar a los más desvalidos.

–Zoe –dijo Nadir–. Ya no tienes que seguir cuidando de los enfermos.

Ella frunció el ceño. No sabía muy bien cómo contestar.

–No me importa hacerlo. No me asusta el trabajo duro. En realidad se me da bien.

–¡Zoe! –exclamó la esposa del comerciante, escandalizada–. Una mujer de Jazaar debe ser humilde.

Nadir se levantó de su silla. Zoe no pudo evitar fijarse en lo alto que era. Su presencia imponía respeto, intimidaba... Llamó a uno de los ancianos al podio. Zoe sintió un retortijón en el estómago. Probó el sabor del miedo. ¿Qué estaba haciendo el jeque? Seguramente le había hecho enojar y tendría que pagar por ello.

La vieja sonrió complacida y siguió su camino. Zoe se enfadó consigo misma. ¿Por qué había dejado que esa vieja arpía le hiciera mella con sus comentarios afilados?

–Es un honor para mí haber recibido a Zoe como esposa –le dijo Nadir al anciano, poniendo la palma de la mano contra el pecho.

El anciano no fue capaz de esconder la sorpresa. Los invitados que estaban cerca comenzaron a susurrar cosas, tapándose la boca con las manos y escondiéndose detrás de los velos. Zoe no sentía alivio alguno, no obstante. Más bien sentía el frío sudor de la sospecha. ¿Un honor? Si no sabía nada de ella...

–Acepto con gusto el deber de protegerla y cuidarla –añadió el jeque. Su voz sonaba fuerte y clara–. No le faltará de nada.

Sus sospechas se reforzaron a medida que aumentaba el murmullo de la gente. ¿Qué se traía entre manos ese hombre? La experiencia de la vida le había enseñado que cuando un hombre hacía esa clase de promesa, normalmente terminaba haciendo justo lo contrario. Su tío Tareef era uno de esos hombres. Le había robado su herencia y la había convertido en una sirvienta sin sueldo en su casa.

–Y como jequesa, pasará los días y las noches atendiéndome.

Zoe bajó la cabeza al oír los aplausos de la gente. Una ola de rabia bullía en su interior. La tribu estaba encantada al ver que el jeque estaba tan complacido con ella. Ya no podría cuidar a los enfermos porque tenía el gran honor de estar a su entera disposición, casi como una esclava.

Pero un hombre como ese jamás tendría la menor idea de lo importante que era trabajar para ella. Antes de la muerte de sus padres, había trabajado como voluntaria en un hospital, junto a su madre. Había sido una experiencia muy gratificante que había despertado en ella el deseo de ser médico, como su padre.

El sueño de ejercer la medicina terminaría hecho añicos, no obstante. Sus padres murieron en un accidente de coche y ella se encontró en un país extraño de la noche a la mañana, rodeada de gente a la que no conocía. La barrera lingüística fue bastante difícil de superar, la comida extranjera, la tribu hostil, poco hospitalaria... En cuestión de unos meses llegó a convertirse en la ayudante del curandero. Se suponía que era un castigo, pero ella quería aprender y cuando se dio cuenta de que las mujeres no querían acudir a ver a un médico varón, empezó a atenderlas ella misma. Esa fue la manera que encontró para seguir los pasos de su padre; practicar la medicina se había convertido en su tabla de salvación.

Finalmente encontró la forma de mantenerse lejos de la casa de su tío Tareef. Consiguió concentrarse en algo que no fuera la situación tan difícil en la que se encontraba. Y cada vez que atendía una emergencia médica sentía la misma emoción que cuando ejercía como voluntaria en el hospital. Cuidar de todas esas mujeres necesitadas le había dado un sentido a su vida, un objetivo. Eso era lo único que la hacía seguir adelante.

Pero el jeque quería arrebatárselo. Cerró los ojos y trató de contener la rabia a toda costa. Tenía que renunciar a la única cosa que le interesaba, la única cosa que se le daba bien, y todo porque a Nadir no le gustaba la idea... No era justo. Quería protestar en ese preciso momento.

Abrió los ojos lentamente. Lo que Nadir quisiera no tenía nada que ver con ella; no la afectaba en absoluto. No tendría tiempo suficiente para arrebatarle todo aquello que tenía valor para ella.

—Debo decir que me sorprendes.

Zoe miró a la mujer alta y esbelta que estaba sentada junto a ella. Era su prima, Fatimah. Apretó los dientes y se preparó para lo que sin duda sería un momento bastante desagradable.

Fatimah llevaba un traje verde y estaba cargada de oro de la cabeza a los pies. Siempre causaba impresión allí donde iba.

—Pensaba que no lo harías —le dijo en un tono ligero—. Sé que vosotros los americanos le dais mucho valor a las uniones por amor.

Zoe guardó silencio. Su prima nunca le había caído bien, y no eran amigas precisamente. Fatimah jamás hubiera trabado amistad con una expatriada. A ella le gustaba más sentirse poderosa cebándose con los indefensos. Zoe la había visto en todo su esplendor destructivo en varias ocasiones.

A juzgar por esa mirada oscura que tenía, estaba buscando problemas con alguien, y por fin parecía haber encontrado un buen objetivo para descargar la ira.

—Estoy deseando contárselo a Musad —dijo con una sonrisa tirante.

–Adelante –dijo Zoe, haciendo un esfuerzo por mantenerse impasible.

Cuanto más tiempo pasaba mejor se le daba no reaccionar cada vez que oía su nombre. Lo de Musad había sido un amor ingenuo y frágil en un mundo de arenas movedizas llenas de odio e indiferencia. Le había servido para darse cuenta de que no se podía confiar en ningún hombre.

–¿Qué le digo a nuestro viejo amigo? –le preguntó Fatimah, mirándola fijamente–. ¿Le mando recuerdos tuyos?

Zoe se encogió de hombros. No iba a dejar que esas palabras envenenadas se le clavaran en el corazón. Musad había dejado de importarle un año antes. Había regresado a América y no había vuelto a saber nada de él.

Lección aprendida.

Zoe se echó hacia atrás en la silla, como si todo le diera igual.

–Dile lo que quieras.

Fatimah apoyó la mano en el brazo de Zoe y se inclinó adelante.

–¿Cómo puedes decir eso, con lo unidos que estabais? –le susurró al oído.

Zoe sintió que la sangre huía de su rostro. Un miedo helado corría por sus venas. Fatimah lo sabía. Lo vio en ese brillo maligno que tenía en los ojos. De alguna manera su prima se había enterado de su aventura prohibida con Musad. Era ella quien había empezado con los rumores que empezaban a circular por el pueblo.

Zoe sintió que tenía que marcharse. Tenía que silenciar a Fatimah. Si llegaba a decirle algo de todo aquello a su familia... al jeque...

–¿Zoe?

Levantó la vista. Se encontró con su tía y con otras primas. Todas sonreían. Sonreían de verdad. Era poco probable que hubieran oído las acusaciones de Fatimah.

Respiró, aliviada.

–Vamos, Zoe –le dijo una de sus primas. La hizo levantar de la silla.

Todas sus familiares la rodearon.

–Ya es hora de prepararte para tu noche de bodas.

La noche de bodas... Sintió un dolor repentino en el estómago, y después náuseas. Sus tías sonrieron de nuevo, se rieron. La condujeron a la suite nupcial. Zoe se encorvó hacia delante. Un miedo atroz la corroía por dentro, se propagaba por su cuerpo. Se le acumulaba debajo de la piel.

Pertenecía al jeque, a un hombre al que llamaban La Bestia. Estaba casada con él.

Sus primas casadas le daban toda clase de consejos, le decían cómo satisfacer a su marido, pero Zoe no oía ni una sola palabra. Había una energía desesperada en ellas. Su risa era estridente y sus consejos aturdían.

La acomodaron en el medio de la cama. No se resistió. Se arrodilló sobre el colchón, cruzó las manos por delante, inclinó la cabeza. Quería incorporarse de un salto, salir corriendo, pero sabía que las mujeres la llevarían de vuelta y custodiarían la habitación.

Cerró los ojos y respiró profundamente. Las oyó salir. Su risa sonaba áspera... Aún seguían dándole consejos. Siempre había pensado que el día de su boda sería distinto. En sus sueños era un día feliz, un día de amor...

Pero la realidad era otra. Abrió los ojos lentamente. Se había casado porque se había quedado sin alternativas y ya se le había acabado la suerte. Casi era un acto de fe pensar que ese matrimonio pudiera servirle de algo, pero no tenía más remedio que seguir adelante con ello.

A lo mejor le había entregado algo más que su propia libertad a un hombre que no era más que un extraño peligroso. ¿Qué había hecho? Un terror inefable la atenazó por dentro. La habitación pareció hacerse más pequeña de repente. Trató de respirar. Unos puntos negros bailaban delante de sus ojos.

–No puedo hacerlo. No puedo acostarme con él –dijo en alto.

Pensaba que estaba sola, pero entonces oyó la voz de Fatimah.

–Él ha exigido que el matrimonio sea consumado –le dijo su prima, alisándole la falda y colocándola en forma de círculo sobre la cama–. De lo contrario no se reconoce el enlace.

–¿Lo ha exigido? –repitió Zoe, sintiendo un calambre en el vientre.

Aquello sonaba casi clínico, desprovisto de todo romanticismo, y casi de humanidad.

Fatimah la miró con ojos impacientes.

–Es por eso que la última ceremonia se celebrará el tercer día. Según una vieja ley, se debe celebrar la consumación del matrimonio.

Zoe se quedó boquiabierta.

–¿Te estás quedando conmigo?

–Y si no eres de su agrado –añadió Fatimah, mirándola de reojo–. Puede repudiarte.

Zoe frunció el ceño.

–¿Repudiarme? ¿Quieres decir que me puede hacer volver junto a mi familia? No, no puede. Buen intento, Fatimah, pero esa mentira no me la voy a creer.

–No te estoy mintiendo –le juró Fatimah, poniendo la palma de la mano contra su pecho–. Ya se lo hizo a su primera esposa.

¿Primera esposa? Zoe echó hacia atrás la cabeza y se quedó mirando a su prima, sorprendida.

–¿De qué estás hablando?

–¿No te lo ha dicho nadie? –el rostro de Fatimah se

iluminó–. Hace dos años, el jeque estaba casado con la hija de una de las familias más distinguidas de la tribu. Yusra. ¿La recuerdas?

–Apenas.

Yusra era una joven hermosísima, muy femenina, la perfecta novia de Jazaar... Pero a Zoe siempre le había parecido una chiquilla caprichosa y consentida, soberbia y prepotente... Se había alegrado mucho cuando su familia había abandonado el pueblo.

–Fue una ceremonia fabulosa. Nunca he visto nada parecido. ¿No lo recuerdas? Fue mucho mejor que la tuya.

–Probablemente no me invitaron.

Ella siempre había sido una marginada, la escoria de aquella pequeña sociedad tribal... Cualquier miembro de la tribu podía humillarla en público impunemente. Todos sabían que su tío no la protegería porque todos habían visto cómo la trataba.

–Bueno, al tercer día de la ceremonia, se la devolvió a sus padres –dijo Fatimah, haciendo un gesto frívolo con la muñeca. Las pulseras rígidas de oro que llevaba puestas tintinearon–. La repudió delante de todos –añadió, hablándole al oído–. Dijo que no era de su gusto.

–¿Se acostó con ella y entonces la rechazó? ¿Puede hacer eso?

–Fue un gran escándalo. ¿Cómo es que no sabes nada de esto? Ya estabas aquí cuando pasó.

Quizás sí había oído algo al respecto, pero seguramente había pensado que era una de esas historias inventadas por los cotillas del pueblo. Había infinidad de cuentos grotescos circulando de boca en boca, leyendas bizarras diseñadas para mantener en cintura a los jóvenes.

De repente Zoe empezó a sentir que le temblaban las piernas. Se acostara o no con el jeque, iba a terminar siguiendo los pasos de Yusra.

–Entonces, básicamente, esa ley es un derecho a devolución si el cliente no queda satisfecho.

–Rara vez se usa. Un hombre tiene que tener un motivo muy poderoso para ejercer su derecho a repudiar a la esposa, a menos que seas jeque. Claro. Si lo eres, entonces nadie cuestionará tus acciones.

–Pero...

Una de las tías de Zoe se asomó por la puerta.

–Fatimah, ¿pero qué haces aquí todavía? –le susurró con fiereza–. Ya viene el jeque.

–Buena suerte, Zoe –le dijo Fatimah con una sonrisa taimada, saliendo de la estancia–. Espero que seas capaz de satisfacer al jeque mucho mejor que su antigua esposa.

Capítulo 2

QUÉ PODÍA hacer? Zoe miró con desesperación hacia las ventanas abiertas. Las cortinas, coloridas y vaporosas, ondeaban con la brisa. No podía escapar de esa manera.

Aunque lograra salir no tenía dónde esconderse. Había aprendido esa lección a lo largo de los años, después de varios intentos fallidos. Nadie le daría cobijo y el desierto era una trampa mortal. La última vez había sobrevivido casi de milagro. Estaba atrapada y tenía que idear un plan. Apretó los párpados. El pánico la llenó por dentro.

«Piensa, piensa, piensa...».

Su mente solo enfocaba una cosa. La castidad era algo muy valorado en una mujer, y ella no era virgen. La tribu tenía reglas muy estrictas acerca del sexo fuera del matrimonio. Los hombres eran castigados, pero no tanto como las mujeres. Trató de ahuyentar el recuerdo de todas esas pacientes con terribles cicatrices; las azotaban, las golpeaban... Un hombre como el jeque exigiría una novia virgen, inmaculada. Zoe sintió una mano fría alrededor del estómago. Eso ya lo sabía antes de aceptar el arreglo, pero pensaba que una vez se firmara el contrato de matrimonio estaría segura. Era un arma de doble filo, no obstante, y las cosas habían salido al revés. La puerta se abrió y Zoe se quedó quieta. Contuvo el aliento. Las voces de los invitados, que conversaban y reían, se oían por encima de la música animada.

La maraña de sonidos le puso los pelos de punta. Quería gritar, salir corriendo, echarse a llorar... Bajó la cabeza y entrelazó las manos.

Se encogió con brusquedad al oír cómo se cerraba la puerta. No pudo evitarlo. De repente tuvo miedo de haberle ofendido... Tenía que hacer lo posible por complacer al jeque.

–¿Quieres una copa, Zoe? –le preguntó él con suavidad, quitándose los zapatos junto a la puerta.

Ella sacudió la cabeza sin decir ni una palabra. Tenía la boca seca. La garganta le dolía y no había nada que deseara más en ese momento que tomarse un trago de alcohol para entumecerla. Sin embargo, seguramente se atragantaría con el primer sorbo.

¿Cómo iba a pasar la noche? A lo mejor él no se daba cuenta de que no era virgen. Trató de trazar un plan a toda costa. La cabeza le dolía de tanto pensar. A lo mejor podría fingir la virginidad, pero no sabía si la estrategia funcionaría. Según había oído, su esposo era muy experimentado, y tenía un apetito sexual insaciable. Oyó cómo caía al suelo su abrigo. Después oyó algo suave. No puedo evitar mirar. Se había quitado el tocado. Llevaba el pelo corto. Era negro y muy copioso.

No parecía más cercano que antes. En todo caso, parecía más duro y despiadado que nunca. Su perfil era fuerte y agresivo. Irradiaba poder a chorros. Estaba en la flor de la vida, lleno de vigor.

Apartó la vista rápidamente. Se miró las manos. ¿Qué le estaba pasando? No estaba interesada en el jeque. Ese hombre podía llegar a ser un obstáculo para sus planes de volver a casa.

–Ha sido una ceremonia hermosa –le dijo, su voz sonaba más cerca–. Corta. Mis favoritas.

Zoe volvió a asentir. La ceremonia le había parecido muy larga, pero la noche sería mucho peor, interminable. ¿Cómo iba a enfrentarse a lo que estaba por venir? A lo mejor debía fingir vergüenza y timidez para que él no se acercara más. A lo mejor así lograba impedir que descubriera la verdad, que no era virgen... Ningún hombre admitiría jamás que no se había llevado a su mujer a la cama en la noche de bodas. También podía fingir un desmayo cuando él se quitara la camisa... Se mordió el labio inferior y pensó en ello un momento. A lo mejor no era una mala idea... Podía echarse a llorar... Podía llorar mucho, durante varios días y noches. Los hombres nunca soportaban estar cerca de una mujer llorosa; aunque quizá el jeque fuera diferente... Probablemente debía de estar acostumbrado a las mujeres que lloraban y temblaban en su presencia. Oyó sus pasos. Se aproximaban a la cama. Tomó el aliento, pero se le atragantó. Oyó un tintineo de metales. Eran sus pulseras, que chocaban las unas contra las otras... Las manos le temblaban.

–¿Zoe?

Al oír su voz se quedó quieta. El tintineo cesó. El jeque estaba justo a su lado. Se sentía vulnerable con la cabeza baja, pero solo trataba de ser una buena esposa de Jazaar. Era difícil hacerse la remilgada cuando lo que en realidad quería era ir de frente. Decidió seguir el plan original. No quería huir, pero tampoco estaba dispuesta a acostarse con el jeque. Fatimah quería confundirla con sus comentarios envenenados. No iba a caer en la trampa. Lo único que tenía que hacer esa noche era mantener a raya a su marido, hacerse la esposa tímida y pudorosa hasta que salieran de luna de miel... Una vez estuvieran fuera de Jazaar, podría intentar escapar.

–¿Dejas de hablarme tan pronto? –le preguntó en un tono casi burlón–. No llevamos ni un día casados.

¿Dejar de hablar? Era la primera vez que la acusaban de algo así. Su problema siempre había sido hablar demasiado, decir lo que pensaba en cada momento.

–Estoy nerviosa, Su Alteza –le dijo, odiando la forma en que se le quebraba la voz.

–Puedes llamarme, Nadir. Y no tienes por qué estar nerviosa conmigo.

Sí tenía motivos para estar nerviosa. Él tenía el poder de arruinarle la vida, o de ayudarla a crear una mejor... Ladeó un poco la cabeza para demostrarle que le entendía. Él se agachó de inmediato, delante de ella. La cama se volvió repentinamente más pequeña. Se sentía diminuta al lado de Nadir. Él parecía enorme. Mantuvo la vista fija en sus propios puños, apoyados sobre su regazo. Él hizo ademán de agarrarle la mano. Ella se sobresaltó al sentir el roce de su piel contra la mano. Era como si saltaran chispas. Su fuerza, latente, se palpaba en cada movimiento. Lentamente la hizo abrir los puños. Deslizó el juego de pulseras rígidas sobre su antebrazo y se las sacó con cuidado. Cayeron al suelo. Los brazos no le pesaban nada sin todo ese metal...

Una vez le quitó los brazaletes, Nadir deslizó la yema del dedo sobre el dibujo de henna que tenía en la mano. Zoe sintió cosquillas. Sintió su propio pulso en la muñeca, quiso apartar la mano.

–Parece muy pesado ese velo –dijo Nadir con suavidad, acariciándole la cabeza con ambas manos.

–Sí.

Zoe sintió que el cuerpo se le tensaba. Era difícil resistir el impulso de salir corriendo. El roce de sus manos era como una orden silenciosa que no quería aceptar ni obedecer. Quería recular, huir, apartarle las manos, alejarse de la cama. La piel le dolía, un vapor abrasador le corría por las venas. Quería permanecer quieta, pero no era capaz. Oyó los latidos de su propio corazón, mezclados con su respiración entrecortada. Las manos de Nadir recorrieron el borde del velo, lleno de pedrería. Encontró las horquillas que se lo fijaban a la cabeza y las soltó. Las tiró al suelo, le quitó el velo y dejó que cayera por detrás. Zoe sintió su ausencia de inmediato. Era agradable verse liberada del peso, pero ya no tenía cómo esconderse. Ya no tenía ni ese privilegio siquiera. Mantuvo la cabeza baja. Nadir enredó los dedos en su pelo castaño y largo. Era difícil saber si estaba fascinado o decepcionado. Era un color tan distinto, inusual en esa tierra.

–Mírame, Zoe.

Zoe sintió una arritmia en el pulso. No estaba preparada para mirarlo. Lentamente, haciendo acopio del coraje que le quedaba, levantó la cabeza y lo miró a los ojos. Una lengua de fuego la golpeó por dentro cuando vio el deseo en su mirada. Él bajó la cabeza. Ella batió las pestañas. Debía darse la vuelta, pero no podía. Un segundo después sintió el tacto de sus labios sobre la frente. No supo sin era alivio o decepción lo que sentía. Él continuó deslizando los labios a lo largo de su mejilla. Los labios le picaban de pura expectación. Su aliento cálido le calmaba la piel... Empezó a besarla a lo largo de la mandíbula. Zoe gimió y él la agarró de la cabeza con más fuerza. Se acercó más y entonces se detuvo. Había estado a punto de sucumbir. Se suponía que era una esposa virgen, tímida y decorosa. Tenía que huir de él, no participar activamente. Lo estaba haciendo todo al revés. ¿Por qué estaba respondiendo a él de esa manera? No tenía que ablandarse con unas pocas caricias. ¿Por qué reaccionaba así su cuerpo? No estaba dispuesta a caer en la trampa. Era evidente que él trataba de ganársela de esa forma. Quería que dejara de verle como una amenaza.

Pero era demasiado tarde. Había sido una amenaza desde el momento en que la había tocado por primera vez. Nunca antes había anhelado tanto las caricias de un hombre; nunca antes había deseado tanto un beso como en ese momento. No podía dejarle derribar sus defensas, no obstante. No podía permitir que se acercara más. Su futuro dependía de ello.

Nadir le sujetó el rostro con ambas manos y le dio un beso en los labios. El deseo más salvaje explotó dentro de ella. Corrió por sus venas como un río incandescente. Nunca antes la habían besado así. El beso de Nadir era como un tatuaje. Ya nunca podría quitárselo de la piel sin dejar una marca. Pero no podía rendirse a él. No podía dejarle averiguar la verdad sobre ella. La escena de seducción no podía seguir adelante... Sin embargo, era inevitable entreabrir los labios, dejarle entrar. Él le metió la lengua en la boca con pasión. Ella respondió de la misma forma y entonces supo que estaba perdida. Una ola de sensaciones la bañó de arriba abajo. Se aferró a los hombros de Nadir. Apretó entre los puños el lujoso tejido del *dishdasha* y le hizo acercarse más. Quería más, mucho más. De repente le oyó jadear. No podía controlar la atracción instantánea que había surgido entre ellos. Nadir era demasiado sensual, demasiado peligroso. Interrumpió el beso y apartó la cabeza rápidamente. Le sintió estremecerse. Estaba claro que trataba de tomar las riendas de sus propias emociones. Sabía que se estaba arriesgando. Lo último que quería era provocarle, resistirse sin motivo.

–Lo siento –susurró Zoe, esquivando su mirada.

Se tapó la boca con dos dedos. Sentía los pechos pesados, un delicioso cosquilleo en el vientre... Tenía que salir de esa cama de inmediato, en ese preciso momento. Mientras luchaba contra ese deseo irreverente, se dio cuenta de que no había sido capaz de anticipar el mayor punto débil de su plan de escapada. Jamás había pensado que pudiera llegar a sentir algo así por el jeque Nadir. Jamás se le hubiera ocurrido pensar que él pudiera llegar a tentarla hasta ese extremo.

Tenía que andarse con mucho cuidado. El juego se estaba volviendo muy peligroso. Tenía que esconder esa vergonzosa atracción, en vez de dejarse llevar por ella. No podía dejar que se acercara más, bajo ningún concepto.

–Tranquila –le susurró él, besándola en el cuello–. Quiero que me devuelvas el beso.

Ese era el problema. Quería hacer algo más que besarle, pero tenía que parecer inexperta, pudorosa... Nadir comenzó a quitarle los collares uno a uno.

Cada vez que le besaba se sentía salvaje, sin control, desinhibida... ¿Cómo podía llegar a tener tanto poder sobre ella? Sintió el roce de sus manos sobre la columna. Un momento después tenía la parte superior del traje abierta... El corazón le dio un vuelco. Él había encontrado las presillas que estaban escondidas bajo la pedrería de la espalda. La noche de bodas estaba llegando más lejos de lo que quería y no sabía muy bien cómo pararlo todo. Nadir le quitó el vestido de los hombros, dejando al descubierto un blusón blanco de una tela muy fina.

Sintió su mirada caliente sobre la piel. Se estremeció... Una excitación peligrosa la sacudía por dentro, pero también sabía que debía sentirse expuesta, insegura. ¿Qué haría una virgen? Cruzó los brazos para esconderse, pero Nadir la agarró de las muñecas.

–No –le ordenó en un tono hosco–. Nunca te escondas de mí. Eres preciosa.

Zoe quería creer que se lo decía a todas las mujeres que pasaban por su cama, pero no podía evitar sentirse preciosa, deseable, irresistible. Llevaba mucho tiempo sin sentirse así. Tenía que tener mucho cuidado. No podía seguir sus propios instintos, pero la sangre bullía en sus venas.

Nadir bajó la cabeza y capturó sus labios. Esa vez

no fue tan sutil, pero Zoe se alimentó de esa pasión. Su beso fue duro, hambriento. No podía esconder lo mucho que la deseaba, lo mucho que la necesitaba. Una ola de deseo caliente la azotó por dentro. Enredó las manos en su pelo copioso al tiempo que él la tumbaba en la cama. Aceptaría un único beso más y entonces se apartaría. Tan solo uno más... No protestó cuando Nadir le quitó la pesada falda de las caderas. Se apartó un momento, se quitó el *dishdasha* y lo tiró al suelo. Zoe contuvo el aliento al ver su piel bronceada, casi dorada, y esos músculos bien torneados. Tenía que parar. Ya habían llegado demasiado lejos. Sin pensar en lo que hacía, estiró los brazos y empezó a acariciarle el pecho. Deslizó las yemas de los dedos sobre el fino vello, disfrutando de la fricción... Se imaginó ese pectoral poderoso, caliente y sudoroso, presionando su propio pecho. Movió las caderas, el cosquilleo que sentía en la pelvis se hacía cada vez más intenso. Vaciló un momento. Su pecho subía y bajaba con cada respiración. Tenía que intentar disimular esos movimientos tan descarados. Una virgen era tímida y modesta... No podía dejarle saber lo mucho que disfrutaba explorando su cuerpo.

–Tócame de nuevo –le dijo Nadir en un susurro–. Tócame todo lo que quieras.

Zoe pensó que no debía decirle esas cosas. Si llegaba a tocarle todo lo que quería, entonces ya no podría parar, terminaría tocándole en sitios que le escandalizarían... Pero tampoco podía rechazarle... No pasaría del pecho. Esa era una buena solución, segura y prudente. Extendió los dedos y empezó a tocarle los brazos y los hombros. Deslizó las manos por su espalda y después volvió al pecho. Sus músculos se contrajeron cuando le clavó una uña en el pezón. Zoe escondió una sonrisa. Una sensación de poder se apoderó de ella. Bajó las manos hasta su abdomen, duro como una roca, y se agarró de la cintura elástica de los bóxer blancos que llevaba puestos.

Debía de tener algo en la mirada; algo que la delataba. De repente, la expresión de Nadir se endureció. Sus ojos brillaron un instante y entonces volvió a besarla con frenesí. Ese beso húmedo y prologado le quitó el aliento. No quería separar los muslos, pero él se acomodó entre sus piernas. Era evidente que estaba haciendo un esfuerzo por ir despacio. Sus músculos vibraban mientras le acariciaba la pierna. El beso se hizo más profundo. La agarró del pecho. Zoe se sorprendió al sentir su tacto posesivo. Era agradable, irresistible. Los pezones se le endurecieron. Cada vez sentía los pechos más rígidos y pesados. No podía permitir lo que estaba ocurriendo. Aún no estaba demasiado cerca del punto de no retorno, pero sí estaba muy lejos del plan original. Debía pararlo todo en ese momento, por mucho que lo deseara. Contuvo el aliento al sentir un pellizco en el pezón. El sonido de su respiración entrecortada retumbó en la habitación. Un intenso placer se propagó por debajo de su piel como una llamarada. Se estremeció, le pidió más. Nadir, sin embargo, no hizo caso de la súplica silenciosa. Se apartó y Zoe gimió. Abrió el cierre del blusón. Ella sintió cómo le temblaban las manos mientras le quitaba la prenda.

Él bajó la cabeza y empezó a chuparle un pecho. Zoe jadeó. Ladeó la cabeza. Un placer abràsador se derramó dentro de ella. Cerró los ojos. No quería que viera su debilidad, su necesidad... Nadir parecía saber exactamente lo que debía darle en cada momento. De repente sintió un tirón de lujuria entre las piernas. Las enroscó alrededor de su cintura y le hizo acercarse más. Sintió su dura erección contra la piel. Se estaba acercando a la zona de peligro. Deseaba tenerle dentro, pero si eso llegaba a ocurrir, él sabría la verdad.

Bajó las piernas rápidamente. Un pánico atroz se apoderó de ella. Lo agarró de los hombros y trató de apartarle, pero era demasiado fuerte.

—Hemos ido demasiado lejos. ¡No me voy a acostar contigo!

Se tapó la boca. Un silencio palpitante se cernió sobre la habitación. Nadir se quedó quieto. Su cuerpo irradiaba tensión. Zoe se dio cuenta de que estaba perdida. Echó los hombros adelante y se preparó para la explosión que estaba por llegar. El jeque la mandaría junto a su familia antes de terminar la noche. Nadir tembló. La deseaba tanto... Estaba dispuesto a hacerla cambiar de opinión. Podía mentirle, jugar con ella, suplicarle... Necesitaba probarla, hundirse en su sexo húmedo y hacerla suya de la forma más primitiva, básica. No era capaz de entender esa atracción instantánea, pero no quería pensar en ello. Sentirse atraído por la esposa de conveniencia era un valor añadido muy agradable y estaba dispuesto a sacarle el máximo provecho durante unas cuantas noches antes de devolverla a su familia. Pero Zoe no parecía verlo de la misma manera. ¿Le daba miedo el sexo o acaso había algo más? Se preguntó si habría oído alguno de los rumores que circulaban sobre él... Cualquier mujer se hubiera aterrorizado.

—Zoe... —extendió la mano.

Ella retrocedió. ¿Acaso pensaba que iba a pegarle?

—Lo siento —Zoe mantuvo la mano abierta, en posición defensiva—. No quería decir eso.

—Sí que querías decirlo —la miró atentamente.

Ella pensaba deprisa, como si intentara dilucidar cuál era la mejor opción.

Muy bien. Sí que quería —bajó la mano—. Pero... Pero... Tienes que entenderlo. No te conozco —dijo.

Él apoyó los brazos en la cama. La miró a los ojos.

Era evidente que esa no era su principal preocupación. Había algo falso en su comportamiento.

–Soy tu marido. Eso es todo lo que necesitas saber.

Ella cerró la boca y Nadir supo que estaba escogiendo las próximas palabras con sumo cuidado.

–No sé nada de ti.

No era eso lo que quería decir en realidad. Sus ojos eran tan expresivos... Ya se había hecho una idea de él, pero no era nada favorable.

–Yo tampoco sé nada de ti, pero no me importa.

Zoe arrugó los párpados.

–Las mujeres somos distintas a veces.

Nadir soltó el aliento. Era cierto. Muchas veces el sexo no era solo sexo para ellas. Era una conexión, intimidad... Y cuando se trataba de una virgen se suponía que tenía que ser una experiencia casi mágica, un rito sagrado de transición...

«Malditas vírgenes...», pensó para sí.

¿Por qué tenían que complicar tanto un placer tan sencillo?

–Sinceramente –añadió Zoe, apartando la vista–. No sé nada de ti aparte de tu nombre.

Nadir se dio cuenta en ese momento de que no le había llamado por su nombre ni una sola vez hasta ese momento. Podía imaginársela gritando su nombre una y otra vez, pero eso no iba a pasar esa noche. No sin reticencia, le subió el tirante del delicado blusón hasta el hombro.

–No sé cuál es tu color favorito o tu bebida favorita.

Las palabras salieron de su boca sin control. Intentaba explicarse, pero él no se creía nada.

–No sé cuáles son tus obsesiones o tus objetivos en la vida. Es difícil dormir con un extraño, aunque estés casada con él.

–Las mujeres llevan años casándose por conveniencia. Es normal. Natural.

—¡Para mí no!

Nadir apretó los dientes. Casi había olvidado de dónde provenía ella.

—Bueno, te he hecho enfadar.

Nadir pensó que iba a echarse a llorar. Se frotó la cara. Ni siquiera había alzado el tono de voz.

No solo se trataba del tema de la virginidad. Era un día muy emotivo para ella. Era evidente que estaba intentando hacerse a la idea de que estaba casada, y en la cama con La Bestia. Estaba demasiado nerviosa como para dejarse seducir, pero él jamás podría forzarla, por mucho que ella pensara lo contrario. Lo último que necesitaba era una esposa que le tuviera miedo. Eso generaría más preguntas, rumores... Necesitaba demostrarle a la tribu que era capaz de domar a una americana, convertirla en una mujer ejemplar de Jazaar. En cuanto dejaran el pueblo la devolvería a su familia, pero mientras tanto tenía que mostrarse paciente, atento...

Pero él nunca había sido muy paciente. Despiadado, intimidante, inflexible... Esos eran los adjetivos que mejor le describían. Sin embargo, esa actitud no funcionaría con una esposa temblorosa. Tenía que ganársela con el romance. Tenía que mostrarle su lado más tierno.

¿Pero dónde estaba su lado tierno? ¿Alguna vez lo había tenido?

—Zoe, no estoy enfadado. Deja de encogerte de miedo.

Ella respiró profundamente.

—No tengo miedo.

Nadir se apoyó sobre las rodillas.

—Tienes razón cuando dices que somos unos extraños el uno para el otro. Necesitamos aprender, conocernos mejor.

Ella asintió. El alivio que sentía se reflejó en sus ojos.

—Exactamente.

—Pero todavía sigues compartiendo cama conmigo

—anunció él, acomodándose al otro lado de la cama—. ¿Cómo si no vamos a llegar a conocernos mejor?

—Yo... yo...

Zoe miraba de un punto a otro. Sabía que él intentaba generar un debate, una discusión.

Tenían que dormir en la misma cama. Si un sirviente llegaba a percatarse de que dormían en camas separadas, el cotilleo se extendería como la pólvora.

—No te tocaré hasta que estés lista —dijo él.

Zoe cerró la boca. Arrugó los párpados como si tratara de leer entre líneas.

Nadir se sintió ofendido. ¿Por qué iba ella a cuestionar sus palabras? Él era el jeque. Era su marido.

—No me hace falta forzar a una mujer.

Ella se puso pálida.

—Yo nunca he dicho que...

—Lo sé.

No hacía falta que dijera nada. Sus ojos la delataban. Le miraba como si fuera a devorarla mientras dormía.

Nadir contuvo un suspiro y apagó la luz.

—Duérmete, Zoe.

Ella soltó el aliento con brusquedad, dejándole claro que eso sería imposible. Se alejó lo más posible. Fue hasta el otro extremo de la cama y se acostó de lado, de frente a él, como si tuviera que vigilarle.

—No te vas a salir con la tuya —le dijo Nadir. La agarró y tiró de ella.

Ella protestó. Se puso tensa. Pero él la hizo acurrucarse a su lado, contra su cuerpo.

—Me dijiste que no ibas a tocarme hasta que estuviera preparada.

—No voy a hacerte el amor hasta que estés preparada. Pero no vas a llegar a conocerme, y a sentirte a gusto conmigo, si sigues en el borde del colchón.

Zoe no opuso resistencia, pero era evidente que estaba alerta, en guardia. Seguramente se levantaría de la cama en cuanto se quedara dormido.

Nadir miró hacia el techo y pensó en distintas alternativas. Recordó lo que ella le había dicho, puso los ojos en blanco. Era absurdo, pero a lo mejor era buena idea intentarlo.

–Y es el azul.

–¿Qué?

–Mi color favorito –le contestó con reticencia–. El azul oscuro, intenso, como el de un zafiro. El color del desierto antes de que caiga la noche.

El silencio se prolongó.

–El azul también es mi color favorito –admitió Zoe, sin muchas ganas.

–Vaya.

Nadir no sabía si lo decía por complacerle o porque era la verdad. Pero no importaba... Al día siguiente tendría que aceptarle en la cama. La domaría con una exquisita noche de placer y entonces la mandaría de vuelta a casa. Cerró los ojos. Todavía estaba excitado... Aspiró su aroma. Su larga melena le caía sobre el hombro. Estaban piel contra piel.

No podía hacer nada más, no obstante. No esperaba sufrir de esa manera, pero por lo menos las cosas no eran como en aquella noche de bodas...

Capítulo 3

ZOE SE despertó de golpe. El corazón le latía con fuerza contra el pecho. Tenía los músculos tan agarrotados que casi le dolían. Levantó la cabeza como un pequeño animal que huele el peligro. La luz del sol se colaba a chorros por las ventanas. Se oían voces en el patio. Miró a un lado con precaución. No había nadie.

Se apartó el pelo enmarañado de la cara. Era difícil creer que hubiera podido quedarse dormida. Quería echarle la culpa al estrés, al cansancio. Había pasado la noche en brazos de Nadir, incómoda. Era extraño tener que compartir la cama, pero también había sido todo un desafío mantener las manos quietas. En más de una ocasión había sentido la tentación de tocarle.

Se levantó de la cama de golpe y se dirigió al cuarto de baño directamente. En el armario tenía algo de ropa. Agarró un caftán amarillo mostaza. Al pasar por delante del espejo del lavamanos, se paró de golpe.

«Oh, Dios mío», pensó.

Enredó las manos en la maraña de pelo que tenía en la cabeza. El maquillaje le había manchado toda la cara. Contempló la silueta de su cuerpo por debajo del fino tejido del caftán. Parecía atrevida, sexy... como si acabara de regresar a casa tras una noche de desenfreno y pasión. Teniendo en cuenta el historial de Nadir, era toda una sorpresa que la hubiera respetado en la noche de bodas.

¿Por qué lo había hecho? Tenía que traerse algo entre manos. Los hombres eran así. Abrió el grifo de la ducha. Siempre prometían amor, pero en realidad solo buscaban utilizar a las mujeres. Sin embargo, esa vez era ella quien le estaba utilizando. Se metió en la ducha. Se estaba aprovechando de su marido...

Mientras el agua caliente le caía sobre el cuerpo, repasó el plan. No se le permitía viajar a menos que fuera acompañada por un pariente varón. No importaba que tuviera más de dieciocho años, y tampoco importaba que fuera ciudadana americana. La ley era la ley. Pero una vez terminara la ceremonia de tres días, se iría de luna de miel con Nadir. En cuanto atravesaran la frontera de Jazaar se escaparía, buscaría la forma de regresar a Texas.

Tenía que averiguar adónde iban a ir de luna de miel. Agarró una toalla. Solo podía esperar que fuera un sitio en el continente americano. Una vez en casa, su casa de verdad, podría terminar los estudios y vivir la vida a su manera.

Se miró las manos. El tatuaje de henna no se le había quitado aún. Todavía seguiría casada con el jeque cuando llegara a América, pero podía anularlo, si él no lo hacía antes. No iría a buscarla una vez llegara a Texas. Tenía muchas mujeres entre las que escoger.

Después de vestirse, se miró en el espejo de nuevo y entonces salió al salón de la suite del hotel. Había hecho todo lo que podía para aparentar modestia y sumisión. Se había recogido el pelo, todavía mojado, en una trenza bien apretada. No llevaba nada de maquillaje, ni tampoco joyas. Aquel viejo caftán escondía su figura y el color amarillo le daba una tonalidad cetrina en la piel.

Nadir se quedaría horrorizado, pero eso era bueno. Entró en la habitación con tranquilidad. Si él no la encontraba atractiva, no querría llevársela a la cama.

Había dos sirvientes llevando y trayendo bandejas

llenas de comida. Nadir estaba sentado en los almoha-
dones del suelo, cerca de una mesa baja. Zoe se sorprendió al ver que llevaba una camisa gris y unos pantalones
oscuros. No se dio cuenta de que estaba hablando por un
teléfono móvil hasta que le vio colgar rápidamente.

Al verla frunció el ceño y la miró de arriba abajo.
Conocía muy bien esa mirada. Desagrado, desaproba-
ción, decepción... Zoe se preguntó si se arrepentía de la
compra.

–Espero que hayas dormido bien.

–Sí –le dijo ella, mintiendo–. Gracias.

Sus ojos negros brillaron. Zoe dio por hecho que sabía la verdad. Tenía que saber que había pasado toda la
noche en estado de alerta. Cada vez que había intentando apartarse, él la agarraba con más fuerza.

–Por favor, toma algo para desayunar –señaló la
mesa repleta de comida.

Zoe aspiró el aroma a café y a comidas sabrosas. No
estaba acostumbrada al lujo de comer algo a primera
hora de la mañana, y la idea de compartir una comida
con Nadir era demasiado íntima.

–No. Gracias. No desayuno.

–No comiste mucho anoche –le dijo él. Le puso la
mano sobre la espalda.

El contacto inesperado la hizo sobresaltarse. Retrocedió.

Nadir frunció el ceño.

–Insisto.

Zoe casi se sorprendió ante tanta preocupación por
su dieta. ¿Qué más era capaz de ver? No podía bajar la
guardia. Se movió hacia el lado opuesto de la mesa.

–No, Zoe. Siéntate a mi lado –señaló el enorme al-
mohadón de seda que iban a compartir.

Zoe lo miró a los ojos. Vio un destello en su mirada.
Su expresión era cortés, inocente, pero no conseguiría

engañarla. Estaba representando el papel de marido enamorado.

Miró a los sirvientes, que estaban a varios metros de la mesa, listos para atenderlos. Se preguntó si todo ese teatro era para ellos. ¿Pensaría Nadir que los empleados se iban a dedicar a cotillear?

También podía ser que solo lo hiciera por ella. Tenía una esposa rebelde. ¿Qué mejor manera de llevársela a la cama que hacerse el marido tierno y devoto? La función no duraría mucho, pero era evidente que él iba a hacer todo lo posible por comportarse de la mejor manera posible, y ella tenía que aprovechar eso.

Zoe apretó los dientes. Nunca debería haberse quejado de lo poco que se conocían. ¿Acaso esperaba que se quedara a su lado durante los dos días siguientes? Esa no era una batalla que quisiera librar.

Se sentó tranquilamente. Nadir estaba a su lado. Sus piernas y sus brazos la rozaban. Agarró la cafetera al tiempo que él arrancaba un pedazo de pan. Puso algo de carne encima y se lo ofreció. Zoe le lanzó una mirada defensiva.

—Come.

—Hay mucha comida —dijo ella, señalando todos los platos que estaban sobre la mesa—. No tengo que comerme el tuyo.

—Quiero compartirlo contigo —explicó él suavemente, rozándole los labios con el pan—. Come.

No era fácil para ella obedecer. Comer de la mano de Nadir requería un nivel de confianza y aceptación que no podía darle aún. Abrió la boca un poco y él le metió el bocado dentro.

La cerró rápidamente y le pilló el borde del dedo pulgar. Él aprovechó para acariciarle el labio inferior un instante.

—Me alegro mucho de haber conocido a tu hermano

durante la ceremonia –le dijo ella, con una sonrisa falsa en los labios.

Rashid le había dejado claro lo mucho que la despreciaba con cada gesto.

–¿Nos visitará hoy?

–No. Rashid ya ha vuelto al palacio. Nos pide disculpas.

–¿No tienes más hermanos?

–No. Mi madre murió dando a luz a Rashid. Ahora solo estoy yo, mi hermano y mi padre.

–¿Tu padre va a asistir a la última ceremonia?

Nadir negó con la cabeza.

–Mi padre no puede hacer el viaje.

–Siento mucho oír eso. ¿Cuándo le conoceré?

Nadir vaciló.

–Es difícil de decir –le dijo, esquivando su mirada–. El sultán no se encuentra bien, y no está recibiendo a nadie últimamente.

Zoe arrugó los párpados. Estaba claro que no quería llevarla ante su padre.

–Se me olvidó preguntarte... –le dijo, agarrando su taza de café y cambiando de tema–. ¿Adónde vamos de luna de miel?

Él guardó silencio un momento y bajó la vista.

–A mi casa de las montañas.

Zoe apretó la taza de café hasta que los nudillos se le quedaron blancos.

–Oh –dijo, conteniendo el aliento.

Él tomó otro pedazo de pan con carne. Se lo ofreció.

–¿Te has llevado una decepción? –le preguntó, mirándola a los ojos.

–Seguro que es una casa preciosa –dijo a toda prisa. No podía permitirse el lujo de ofenderle–. Pensé que íbamos a ir al extranjero, como viajas tanto...

–Viajar es parte de mi trabajo, no de mi vida privada

–sujetó la comida contra los labios de ella–. Nunca me llevaría a mi esposa en un viaje de negocios.

–Oh –dijo ella. Aceptó la comida.

Su mente empezó a dar vueltas. De repente parecía que no había salida.

Nadir ladeó la cabeza y la observó atentamente.

–¿Quieres ir a algún sitio?

Zoe masticó y tragó con prisas. Esa era su única oportunidad. No podía estropearla.

–Bueno, no he ido a ningún sitio en mucho tiempo. Me gustaría viajar un poco.

–¿Tienes algún sitio en mente?

Ella se encogió de hombros. Tenía que fingir indiferencia.

–Europa. Australia. América, quizás.

Él frunció el ceño.

–Pero eres americana. Seguro que hay lugares que te interesarán mucho más.

–América es un continente muy grande –dijo, bebiendo un sorbo de café–. Hay muchas zonas que no conozco.

–¿Y por qué quieres viajar? –le preguntó él–. ¿Qué querrías hacer?

«Escapar... Estudiar Medicina... Recuperar mi vida...».

–Seguro que encontraría muchas cosas interesantes.

–No estás lista para representar a Jazaar –dijo él, agarrando un dátil de la bandeja de frutas–. La futura sultana debe ser todo un ejemplo de mujer de Jazaar, y debe demostrar todos sus valores.

«Belleza, refinamiento, obediencia...».

Zoe cerró los ojos, derrotada.

«Maldita sea...».

Nadir se rio. Se llevó el dátil a los labios.

–Como te he dicho, el mundo exterior no está preparado para una jequesa como tú.

Zoe abrió los ojos, horrorizada. ¿Había dicho una palabrota en alto? Las cosas no hacían más que empeorar. Abrió la boca y aceptó el dátil de inmediato.

–¿No parecía la novia perfecta durante la boda?

Él sacudió la cabeza.

Supe la verdad en cuanto te vi.

–Puedo llegar a satisfacer tus expectativas. Solo necesito un caftán nuevo y unas sandalias mejores.

Él la miró con ojos incrédulos. Examinó el caftán amarillo.

–¿No tienes nada más que ponerte?

–Tengo mis vestidos de boda. ¿Por qué?

–Necesitarás más ropa –le dijo, dándole otro dátil.

Ella aceptó la pieza de fruta y masticó con brusquedad.

–¿Estás pensando en viajar?

–No, pero tienes que ponerte algo digno de una jequesa –la miró de arriba abajo con desagrado.

Era difícil recordar que era una jequesa. Dos días antes estaba fregando suelos.

–No hay muchas tiendas en el pueblo.

–Iremos a Omaira en helicóptero.

Zoe abrió los ojos. Omaira era la ciudad más grande de Jazaar. Era un centro urbano que podía competir con las grandes ciudades de Oriente, Marrakech, Dubai... Probablemente habría una embajada americana. Así podría escapar de Jazaar. Pediría refugio en cuanto entrara en el edificio oficial.

–Dime cuándo quieres que vayamos.

Dejó la taza de café sobre la mesa de golpe.

–Estoy lista.

Aquella no había sido una buena idea precisamente. Nadir se había dado cuenta enseguida de que tendría que vigilar a Zoe como un halcón durante la visita a la ciudad.

Estaba fascinada. Había pedido un mapa nada más llegar, aunque él hubiera podido contarle cualquier cosa sobre la historia del lugar. Era evidente que estaba empeñada en reafirmar su independencia, y no hacía más que perderse en callejones oscuros y calles zigzagueantes en cuanto él se despistaba un poco.

Zoe estaba disfrutando mucho de la excursión. Admiraba la arquitectura y contemplaba, maravillada, la arcilla roja que se acercaba hasta la misma orilla del mar. El bullicio del mercado la tenía embelesada y todos los olores la seducían. La gente y las tiendas le llamaban poderosamente la atención. Estaba interesada en todo y en todos, pero no en él. De hecho parecía molesta al ver que él no se despegaba de su lado.

De pronto ladeó la cabeza y retrocedió un poco para mirar por un callejón oscuro. Nadir la agarró del brazo y la sujetó con firmeza.

–Por aquí, Zoe.

–Ya puedo caminar yo solita –le dijo, cerrando el puño–. Actúas como si tuvieras que tenerme atada.

–No me tientes.

Al principio había pensado que el ruido y la multitud la aturdían, pero había descartado esa explicación cuando se había perdido por quinta vez. No podía tener tan mal sentido de la orientación. Estaba claro que intentaba huir.

–Ah, aquí estamos –se detuvo delante de un edificio moderno de cristal y acero.

Zoe trató de actuar con indiferencia. Se soltó y leyó el nombre de la tienda grabado en las ventanas.

–¿Una joyería?

Nadir contuvo una sonrisa. Ninguna mujer de Jazaar lo describiría así. Paraíso, quizás, o el Cielo... Pero nunca joyería.

–Fayruz ha sido el joyero de palacio durante muchas décadas.

Zoe no se dejó impresionar.

–¿Por qué estamos aquí?

–Necesitas unas cuantas cosas.

Por la mañana se había dado cuenta de que los collares y pendientes que llevaba durante la ceremonia no eran auténticos. Sus pulseras eran de latón y los rubíes y diamantes eran falsos también. Era sorprendente que su familia la hubiera dado en matrimonio sin joyas auténticas.

–Estoy contenta con lo que tengo –le dijo Zoe, restándole importancia con un gesto.

Era evidente que no sabía que las joyas eran falsas y no iba a ser él quien se lo dijera.

–Zoe, la jequesa debe llevar joyas. Te voy a comprar un collar, algunos pendientes y a lo mejor unos cuantos brazaletes.

Normalmente una jequesa hubiera llevado las joyas de la corona, pero el suyo era un matrimonio sobre el papel. Ella no estaría a su lado, no viviría con él. Si le daba algunas joyas, la gente sabría que ella seguía bajo su protección.

–No. No debes hacerlo. Ya me has comprado muchas cosas –se tocó las mejillas con las manos–. Toda esa ropa.

A las mujeres les encantaba tener ropa nueva, pero Zoe parecía ser la excepción. Se había probado todos esos trajes de diseño porque no le quedaba más remedio, con mucha reticencia. Había intentando convencerle para que no comprara nada, pero él no la había escuchado.

–Necesitas ropa para tu nuevo papel.

–Pero todo es tan caro. Con ese dinero habría podido comprar muchísimo equipo médico para salvar a muchas mujeres del pueblo.

–Las mujeres no necesitan eso.

Zoe se quedó boquiabierta.

–¿Pero qué dices? Las mujeres del pueblo no tienen acceso a la asistencia sanitaria más básica.

–Imposible. Jazaar es un país rico. El ministro de salud ha dado millones a los pueblos más remotos.

–Pero todo eso se lo quedan los hombres, porque son los ancianos quienes deciden cómo se gasta el dinero.

–Ya basta. No voy a seguir discutiendo esto –le dijo, llevándola hacia las puertas del establecimiento.

Las joyas eran un arma muy efectiva para ganarse a una mujer. Incluso las más temperamentales se rendían ante una buena pieza de joyería.

Zoe se mantuvo firme.

–Te agradezco que me hayas comprado toda esta ropa, pero...

–Aparentemente.

–...pero si tienes que demostrar que Jazaar es un país muy rico, prefiero que uses el dinero construyendo una clínica para las mujeres del pueblo.

Él la miró fijamente.

–Tu pueblo no necesita un hospital.

–Sí que lo necesita. Yo, en cambio, no necesito un collar.

En ese momento sonó el móvil de Nadir.

–Disculpa. Tengo que contestar a esta llamada.

Aceptó la llamada y trató de escuchar lo que le decía uno de sus asistentes ejecutivos sin quitarle los ojos de encima a Zoe. Parecía que quisiera arrebatarle el teléfono móvil y tirarlo a la calle para seguir discutiendo. Por fin podía ver a la auténtica Zoe. Por fin.

Su asistente le dijo algo, no obstante, que captó su atención.

–¿Me lo dices de nuevo? –preguntó

Le hizo un gesto de disculpa a Zoe y se alejó del tráfico para poder oír bien.

–Como te decía...

Dio media vuelta y... Zoe ya no estaba a su lado. Miró hacia la acera, pero no la vio por ninguna parte.

Zoe caminaba deprisa. Su corazón latía sin control. Quería echar a correr lo más rápido que pudiera, pero no quería llamar la atención. Tenía que hacer algo más que escapar. Tenía que desaparecer.

Miró hacia las calles que tenía alrededor. Reconoció algunas fachadas de establecimientos, puntos turísticos. Se había pasado casi todo el día memorizando el plano de la ciudad y sabía muy bien dónde estaba. Desafortunadamente, la embajada americana estaba al otro lado de la ciudad.

Nadir ya debía de haber terminado de hablar. Ya estaría buscándola. Aunque no quisiera, no tuvo más remedio que meterse en una tienda. Quería alejarse lo más posible de su marido, pero si se quedaba en la calle, la vería con facilidad. Era mejor esconderse un poco.

Miró a su alrededor y se dio cuenta de que había entrado en una librería. Agarró un libro de una estantería metálica. Tenía una portada de color rojo intenso, pero no conocía al autor, ni tampoco el título. Hojeó las páginas, disfrutando del sonido del papel.

—¡Zoe! Ahí estás.

Al oír la voz de Nadir se puso tensa como la cuerda de un violín. La había encontrado. Había desperdiciado su mejor oportunidad de escape.

Un segundo después le tenía a su lado. No podía predecir su reacción. Estaba nerviosa, expectante, sin saber qué esperar. Trató de mantenerse lo más quieta posible.

Él no la tocó, no obstante.

—Te he estado buscando —le dijo en un tono calmo—. Tienes que decirme adónde vas.

Zoe podía sentir su impaciencia. Tenía que hacer

todo lo posible por hacerse la inocente. Mantuvo la vista fija en el libro y siguió acariciando la roja portada con las yemas de los dedos.

–Zoe. Contéstame.

–Lo siento –se volvió hacia él lentamente–. Hace mucho tiempo que no entraba en una librería.

Nadir miró a su alrededor. Sacudió la cabeza al ver todos esos libros coloridos y revistas llamativas.

–¿Viste esta librería desde donde estábamos?

–Sí –le dijo ella, apretando los dientes.

Nadir soltó el aliento. Era evidente que se le estaba acabando la paciencia.

–Podrías haberte perdido. De nuevo. Quédate conmigo y estarás a salvo.

Zoe apretó los labios. No podía arriesgarse a decir nada más. La idea de tener a un hombre a su lado con el que pudiera contar cuando más lo necesitara era poco menos que una fantasía. Ya hacía mucho tiempo que había aprendido a no confiar en nadie.

–¿Es eso lo que quieres? –le preguntó, señalando el libro que tenía en las manos con un gesto.

Ella agarró el ejemplar con más fuerza. Suspiró y volvió a dejarlo en su sitio.

–No.

–Escoge uno. Escoge cien si quieres –le sugirió Nadir, mirando hacia las estanterías.

Por el rabillo del ojo Zoe vio acercarse al librero. Bajó la cabeza.

–Te lo agradezco, pero no es necesario.

Él aspiró con fuerza y se frotó la nuca.

–¿Por qué rechazas todo lo que te ofrezco?

–No puedo leer estos libros –susurró. La cara le ardía.

Nadir se quedó desconcertado.

–¿No sabes leer?

Ella levantó la cabeza.

–Sí que puedo leer. Me encanta leer. Pero solo puedo leer en inglés.

Él la miró a los ojos durante unos segundos. Saludó a librero y le dijo que solo estaban mirando un poco.

–¿Tu tío no te mandó a estudiar?

–No... No quiero hablar de eso, por favor.

–Seguro que tuvo una buena razón.

–Seguro –cruzó los brazos.

Su tío Tareef creía que tenía una muy buena razón y había encontrado la forma de chantajearla utilizando sus ganas de aprender. Además, tampoco le hacía mucha gracia verse desafiado y superado por una mujer a nivel intelectual.

–¿Cómo leíste el contrato de matrimonio?

Zoe frunció el ceño.

–No lo leí.

–¿Sabes qué ponía? ¿Alguien te lo explicó?

–No –dijo ella, cabizbaja.

–Eso no puede ser. Eres una jequesa. Deberías poder leer y escribir en tu propia lengua. Voy a solucionar esto ahora mismo.

Sacó el móvil.

–¿Pero qué vas a hacer?

–Voy a pedirle a mi secretaria que te busque un profesor –le dijo mientras escribía un mensaje–. Cuando llegue nuestro primer aniversario de boda, ya sabrás leer y escribir en árabe.

Zoe no sabía si creerle o no. Ya le habían hecho muchas promesas que se habían quedado en nada. Musad le había prometido muchas cosas. «Mañana» se convertía en «la próxima vez», «pronto», y finalmente «algún día»... Su tío le había prometido que la matricularía en la universidad si se portaba bien...

–Te lo agradezco mucho –le dijo. Sabía que debía

sonar más agradecida, más emocionada, pero tampoco quería hacerse ilusiones.

Si la promesa no se cumplía, entonces no sufriría tanto.

—No tienes nada que agradecerme. Necesitas estas habilidades.

No las necesitaría si lograba llevar a cabo sus planes. Con un poco de suerte estaría fuera del país para cuando llegara el profesor.

—Gracias.

—De nada –dijo él, tecleando de nuevo–. Bueno, ya es hora de tomar un té.

—Claro –le siguió hacia la puerta, pero antes de salir no pudo evitar echarle otra mirada a la librería.

Por esas mismas fechas, al año siguiente, estaría rodeada de libros que sí podía leer.

Al mes siguiente, en realidad... En cuanto regresara a casa se iría a la biblioteca pública y leería hasta que le dolieran los ojos.

Cruzaron la calle en silencio. Nadir se dirigía hacia un lujoso restaurante. Al entrar, Zoe se dio cuenta de que su ropa era casi la de una pordiosera, comparada con la del resto de comensales. Quería desaparecer. Sin embargo, les sentaron en la mejor mesa, justo en el medio de la sala.

A juzgar por las miradas que les lanzaban todos, era evidente que su presencia no favorecía al jeque en absoluto. Él, sin embargo, no hizo comentario alguno al respecto.

Le preguntó cuáles eran sus libros favoritos.

¿Por qué querría saber algo así? ¿Para entablar conversación? ¿Para saber algo más de ella?

En el fondo le daba igual... Ese pequeño trago de libertad sabía tan dulce después de tanto tiempo de encierro y sufrimiento...

Cuando salieron del restaurante, le vio encender el teléfono. Miró sus mensajes y entonces frunció el ceño.

—¿Pasa algo?

Él se encogió de hombros.

—Hay un problema con los negocios en Singapur.

Singapur... La mente de Zoe se aferró a la palabra y no la soltó. Singapur estaba muy lejos de los Estados Unidos, pero también estaba igual de lejos de Jazaar.

—Nunca he estado allí. He oído que es un sitio muy bonito.

—Lo es —murmuró él, tecleando.

—Apuesto a que es el sitio perfecto para una luna de miel.

Nadir la miró con ojos interrogantes. Justo en ese momento apareció el lujoso coche que los llevaría de vuelta a casa. El vehículo se detuvo junto a la acera. Él le abrió la puerta y entonces subió por el otro lado. Al sentarse Zoe reparó en una cajita envuelta.

—Es para ti —le dijo él.

—Gracias.

No quería aceptar otro regalo. Él se estaba esforzando mucho por ganarse su confianza, pero ella no sentía más que culpa.

Soltó la cinta con cuidado. Arrancó el papel lentamente y abrió la cajita. Esperaba joyas, una tiara ostentosa quizás, pero lo que se encontró no tenía nada que ver.

Era un dispositivo electrónico de color gris, con una pantalla. Era demasiado grande para ser un teléfono, pero más pequeño que un portátil.

—¿Qué es esto?

—Es un libro electrónico.

Agarró el aparato con ambas manos y lo apretó contra su pecho.

—¿Un libro electrónico?

—Mi asistente lo ha programado y puedes descargar

libros al momento. Ahora puedes leer lo que quieras, cuando quieras.

–¿Me has regalado una librería?

Él dejó el teléfono y le dedicó una sonrisa.

–Bueno, es una forma de decirlo.

Aquello era demasiado bueno para ser cierto. Tenía que haber gato encerrado en algún sitio. Sin embargo, Zoe no quería pensar en ello en ese momento. Después de tantos años sin poder leer, tenía todos los libros que quería al alcance de la mano.

–Gracias, Nadir –susurró.

Cuando la oyó pronunciar su nombre, sus ojos relampaguearon.

–De nada, Zoe –le acarició la mejilla con las yemas de los dedos–. Ahora tenemos que irnos. Es helicóptero nos espera.

¿Iban a volver al pueblo? Zoe se angustió con solo pensarlo.

–¿Seguro que no te quieres quedar en Omaira? –le preguntó con tristeza–. ¿No dijiste que tenías una casa aquí?

–Me gustaría enseñártela, pero la tradición manda que debemos volver antes de que anochezca. Los sirvientes ya han empezado con los preparativos.

–¿Preparativos para qué?

–La primera vez que vamos a estar juntos toda la noche –le dijo, esbozando una sonrisa sexy–. Esta noche solo estaremos tú y yo. No habrá distracciones ni interrupciones.

Zoe sintió que se le atragantaba el aliento. Su corazón latía sin ton ni son. Quería mantenerle a raya durante una noche más, pero él ya estaba planeando una escena de seducción con toda la parafernalla.

No era rival para un hombre como el jeque Nadir.

Capítulo 4

ZOE SE miró en el espejo, alarmada. Se sentó rápidamente frente a la cómoda. Un pánico atroz se apoderaba de ella mientras las doncellas le daban los toques finales a la transformación. Ya no parecía una chica inocente o una novia tímida. Parecía toda una seductora.

Era horrible. ¿Cómo iba a seguir haciéndose pasar por una virgen con ese aspecto? Respiró profundamente, aspiró el perfume especiado que le habían echado. El jazmín y el incienso eran una invitación a la lujuria, al sexo prohibido. Estaban diseñados para tentar, y lo último que Zoe necesitaba era seguir seduciendo a Nadir.

Se mordió el labio por dentro y apretó las manos. Las voces de las sirvientas se acercaban y se alejaban a su alrededor. Eran expertas en el ritual de preparar a la novia y le restaban importancia a sus temores con un simple gesto. No necesitaban que una novia mojigata les dijera cómo prepararla para un hombre.

Zoe las miró por debajo de una espesa cortina de pestañas y entonces volvió a mirarse en el espejo.

Se quedó de piedra. No volvería a mirar a Nadir de esa manera. Era demasiado sexy, sugerente.

Todo su cuerpo lanzaba el mismo mensaje. Todo en ella decía que estaba lista para una noche de pasión y placer. La habían bañado, untado con aceite y perfumes y vestido a gusto del jeque. Volvió a mirarse en el espejo y frunció el ceño. Se movió en el asiento. Aquello era demasiada provocación.

Un estremecimiento la recorrió por dentro al imaginar cómo reaccionaría él al verla. Estaba segura de que Nadir podía darle un placer inimaginable, pero no podía dejar que eso pasara. No podía dejar que ocurriera esa noche. Él aún podía descubrir que no era virgen. No podía permitirse bajar la guardia, sobre todo con un hombre tan poderoso y despiadado como el jeque.

Ojalá hubiera podido llevar una armadura para la batalla que estaba por venir... Ya no llevaba ese vestido amarillo tan poco favorecedor. Amina, una de las doncellas, había mascullado algo acerca de quemarlo...

Le habían puesto un salto de cama de color azul zafiro con una abertura a un lado que dejaba ver una parte generosa de sus piernas. ¿Pero quién iba a mirarle las piernas? La fina seda del traje se le ceñía en los sitios adecuados, realzándole los pechos, las caderas...

—El jeque está encantado con usted —le dijo Amina mientras le cepillaba el cabello.

—Mmm —Zoe no sabía cómo responder a esa opinión.

No estaba muy segura de ello. Tenía paciencia porque quería algo de ella.

—Sobrevivió a la noche de bodas —dijo la otra doncella, Halima, mientras ordenaba la cómoda—. Ni una gota de sangre.

Zoe abrió los ojos. Su corazón se saltó un latido. ¿A qué se estaban refiriendo? ¿Acaso se habían dedicado a buscar la mancha de sangre en las sábanas? No había pensado en esa posibilidad.

—En la otra noche de bodas del jeque... —Halima chasqueó la lengua y sacudió la cabeza—. Había tanta sangre en la cama que tuvieron que llevar a la novia al hospital de Omaira.

Zoe miró a la sirvienta. El corazón se le salía del pecho. Estaban hablando de otra noche de bodas, otra novia...

¿La primera esposa de Nadir había tenido que ser hospitalizada durante su noche de bodas? Fatimah hubiera disfrutado mucho contándole ese pequeño detalle... ¿Por qué no le había dicho nada al respecto? Faltaba alguna pieza que otra en el puzle de aquella historia.

–¿De qué estás hablando?

Amina dejó de cepillarle el pelo y se inclinó adelante. Sus miradas se encontraron en el espejo.

–¿Nunca se ha preguntado por qué le llaman La Bestia?

Todas aquellas mujeres pensaban lo peor de él de forma casi automática. ¿O acaso trataban de generar rumores y cotilleos? Querían detalles escabrosos sobre su noche de bodas...

Zoe cerró los párpados. No iba a darles esa satisfacción.

–No os creáis todo lo que oís –les dijo–. El jeque es un hombre de honor. Un caballero.

Halima levantó las manos, como si se estuviera rindiendo.

–No queríamos ofenderla.

–Pensamos que debíamos advertírselo –le dijo Amina, y continuó cepillándole el cabello.

Todo parecía indicar que querían asustarla, pero eso a ella debería haberle dado igual. Debería haberle parecido divertido, absurdo... Sin embargo, no era así. A lo mejor era porque conocía el daño que podía llegar a hacer esa clase de rumores.

No sabía muy bien por qué sentía la necesidad de demostrarles que estaban equivocadas. Estaba casada con Nadir, pero no había jurado lealtad absoluta.

–Mi marido nunca le haría daño a una mujer –dijo, muy segura de sus palabras.

–Usted no estaba allí aquella noche –dijo Amina.

–No. Pero sí estuve con él anoche. Sé muy bien de qué estoy hablando.

¿Pero era eso cierto? En ese momento Nadir se comportaba muy bien. Parecía empeñado en crear un vínculo muy fuerte...

Como ayudante del médico de la tribu, solía encargarse de las mujeres maltratadas. Escuchaba sus historias mientras les curaba las heridas, pero los líderes de la tribu nunca le habían prestado atención cuando informaba de ello. Además, había sufrido la brutalidad de su tío en carne propia durante mucho tiempo, y había aprendido a predecir esos arrebatos de rabia, por su propio bien.

No confiaba en los hombres por regla general, pero tampoco pensaba que Nadir fuera un hombre violento. La actitud que había tenido la noche anterior hablaba por sí sola. No la había forzado, sino que la había dejado llevar el ritmo.

Un hombre como Nadir jamás le hubiera levantado la voz o la mano para conseguir lo que quería.

–No infravalore al jeque –le susurró Amina. Su voz parecía cargada de malos presagios–. Debería haber oído lo que dijo la madre de Yusra. Se le pondrían los pelos de punta.

Zoe puso los ojos en blanco.

–¿Así te enteraste de todo? ¿Por la madre de Yusra? Todo el mundo sabe que esa mujer es una cotilla maliciosa. Jamás me creería ni una sola de sus palabras.

–¿Pero cómo explica que...?

–No tengo por qué explicarlo –Zoe interrumpió a Halima–. No pienso consentir que nadie cotillee sobre mi marido, sobre todo en mi presencia.

–Zoe, ¿estás defendiendo el honor del jeque? –dijo Nadir en inglés.

Zoe se dio la vuelta de golpe, con el corazón desbocado. Él estaba en la puerta. Sus ojos oscuros brillaban. Una extraña energía vibraba en la habitación. Aunque tuviera el hombro apoyado contra el marco, ella sabía que aquella pose casual no era real. Estaba cansado de esperar y estaba listo para tomar a su esposa.

Nadir trató de esconder la satisfacción que sentía mientras miraba a Zoe. Jamás hubiera esperado que su esposa se dedicara a defenderle con tanta vehemencia. Aquello era mucho más de lo que había esperado. Pero aquello no significaba que fuera a serle fiel y leal, o que tuviera un compromiso auténtico con él.

Ella despidió a las criadas a toda prisa. A lo mejor era de esas mujeres a las que no les gustaban los cotilleos...

–¿No sabes que nunca se debe entrar al vestidor de una mujer? –le dijo Zoe en un tono hosco, cruzándose de brazos.

–Ya veo por qué. Uno nunca sabe qué se puede encontrar.

–A esas sirvientas les encanta repetir cotilleos sin cuestionarse de dónde vienen. No te preocupes por ellas.

–No estaba preocupado.

Lo único que le importaba en realidad era lo que ella pensara de él.

–¿Por qué estás aquí? –le preguntó ella después de una pausa prolongada.

–Ya empezaba a preguntarme dónde estaba mi esposa –dijo él con una sonrisa disimulada–. Ya ha caído la noche y la suite está vacía. Solo quería asegurarme de que no te hubieras escapado por una ventana.

Zoe se sobresaltó.

–Tonterías.

Nadir vio ese destello en sus ojos, un destello de culpabilidad. Quería esconderse, huir. Le había dejado claro que no creía que fuera una bestia, pero... ¿Lo pensaba de verdad?

Nadir sabía que tenía que andar con pies de plomo esa noche. Tenía que unirla a él, no asustarla. Tenía que ser romántico y encantador, contener esa lujuria cruda que le azotaba por dentro. Estaba decidido a darle una noche de ensueño a Zoe y no podía asustarla con la intensidad de sus sentimientos. Lo último que necesitaba era una novia a la fuga.

–Siento el retraso –dijo ella, levantándose–. Los preparativos llevaron más tiempo de lo esperado.

Nadir se quedó quieto, la observó mientras avanzaba hacia él. La mujer que tenía delante parecía ser una fantasía viviente.

–Mereció la pena esperar. Estás exquisita.

La vio sonrojarse y se dio cuenta de que no estaba conforme con aquel cumplido. Tenía que ser muy prudente y cuidadoso si quería llevársela a la cama.

–Vamos –le dijo, dándole la mano–. Ha caído la noche y la cena está lista.

Zoe pensaba que no aguantaría toda la cena sin sucumbir a un ataque de pánico. Se habían quedado solos. Nadir había hecho retirarse a los sirvientes. Estaban sentados el uno junto al otro, frente a la mesa baja. Zoe estaba muy tensa, con las piernas y los brazos encogidos, pero no dejaba de rozarse contra él.

Necesitaba algo que cortara la magia del momento; algo que hiciera añicos ese hechizo que estaba tejiendo a su alrededor.

–No he oído tu teléfono –comentó–. ¿Se ha resuelto todo?

–Desafortunadamente, no. Pero apagué el móvil. Ya me ocuparé de los negocios mañana.

Zoe abrió los ojos.

–¿Apa... apagaste el teléfono? ¿Por qué?

Él se encogió de hombros.

–No quería que nada interrumpiera esta primera noche que vamos a pasar juntos.

La sonrisa de Zoe se congeló.

–Buen plan.

¿Por qué tenía que ser tan atento? La mayoría de las novias hubieran estado encantadas con aquel gesto, pero ella necesitaba algo para frenar esas estrategias de seducción.

Su esposo era increíblemente atento y seductor, y eso la ponía muy nerviosa. Apenas fue capaz de probar bocado. Casi tenía miedo de moverse para que no se le cayeran los tirantes del salto de cama.

Era consciente en todo momento de la mirada de Nadir.

No se encontraba cómoda recibiendo esa clase de atención. Ya se había acostumbrado a estar en un segundo plano, excluida, relegada... Y era mucho mejor así. Era más seguro para ella.

Tenía que mantener las distancias, pero esa fría pared de cortesía empezó a agrietarse cuando él empezó a contarle historias de sus viajes. Él sabía muy bien cómo hacerla bajar la guardia.

Era un hombre de mundo. No hacía más que sorprenderla con su poderosa intuición, con su conocimiento. Había estudiado en uno de los mejores colegios de los Estados Unidos, y era un hombre culto y bien informado. Parecía tener un espíritu aventurero y abrazaba ideas muy modernas para Jazaar. No siempre estaba de acuerdo con sus opiniones, y a veces se sentía tentada de expresar sus propias ideas, pero todavía llevaba las cicatrices de la última vez que había cuestionado a un hombre de Jazaar.

Mientras le veía beber de su copa de cristal, Zoe se preguntó, no por primera vez, por qué había accedido a casarse con alguien como ella. Podría haber tenido a cualquier mujer de la tribu. ¿Por qué había accedido a tomarla como esposa?

Ella no jugaba en su liga. Las diferencias iban más allá del estatus social. El jeque Nadir sabía cómo seducir a una mujer. Bastaba con un beso para hacerla olvidarlo todo. Y él lo sabía también.

¿Por qué se contenía en ese momento? Tomó una uva de la bandeja de la fruta.

—Prueba esto —le dijo, ofreciéndosela.

Zoe apretó los labios un momento, pero entonces se dio cuenta de que negarse era inútil. Entreabrió los labios con timidez y Nadir le metió la pequeña fruta morada en la boca. Le acarició el labio con la yema del pulgar. La fruta jugosa le estalló en la boca.

Había lujuria en los ojos de él.

Zoe tragó con dificultad. Una lengua de fuego la recorrió por dentro, dejando un chisporroteo de deseo a su paso. Trató de esconder lo que sentía, pero fue en vano. Nadir bajó la cabeza y le rozó los labios.

El beso fue suave, sutil. Era como un revoloteo de alas de mariposa sobre sus labios. Nadir se apartó un poco, pero ella siguió buscando su boca. Esa dulzura inesperada la sorprendió. Casi no quería moverse por miedo a arruinar el momento. Nadir esperó en silencio a que le devolviera el beso.

Zoe volvió la cabeza de repente. ¿Qué le estaba ocurriendo? Esperaba un ataque sensual, agresivo, pero él la había sorprendido de otra forma. No sabía cómo enfrentarse a esa ternura. Él no era una bestia, pero era más astuto que un zorro.

Tenía que recuperar el control de inmediato, sentar la pauta para el resto de la noche. Tenía que comportarse como una virgen asustada durante una noche más. No podía ir demasiado lejos, pero tampoco podía frustrarle.

Con la vista fija en la mesa, la cabeza le daba vueltas. Buscaba estrategias. Reparó en la bandeja de frutas.

–Deberías probar una –le dijo, agarrando una uva.

Se la ofreció y entonces se dio cuenta de que tendría que dársela ella misma.

Era un acto simple, pero el gesto de alimentarle era demasiado íntimo. Estaba cargado de simbolismo, a juzgar por la mirada de él.

Nadir la agarró de la muñeca y le guió la mano hasta su boca con firmeza. Ignorando la fruta, la besó en los nudillos. Le rozó la yema del dedo meñique con los dientes, llegando casi a morderla. A lo mejor era una advertencia... Atrapó el siguiente dedo entre los labios y le chupó la punta. Zoe luchó por recuperar el aliento. El tirón erótico era casi insoportable.

Sorprendida, soltó la fruta y la dejó caer al suelo. No apartó la mano. Sentía un cosquilleo en los pezones, y un dolor intenso en las caderas. Los ojos de él brillaban, resplandecían. Sabía muy bien cómo estaba respondiendo, a pesar de sus intentos por disimular. Conocía su cuerpo mucho mejor que ella misma. Y eso la asustaba. Tenía que pararlo todo. Tenía que detenerle antes de que fuera demasiado tarde.

–¿Nadir? –le dijo, retirando la mano.

Él se inclinó hacia ella. Puso las manos a cada lado, atrapándola en el sitio. Apoyó la cara contra la base de su cuello. Ella encogió el hombro para alejarle, pero era demasiado tarde.

Cerró los ojos y sintió los besos sobre la piel. Era evidente que estaba cambiando de táctica. Esa noche la iba a someter a base de dulzura.

–Nadir... –contuvo el aliento al sentir un beso tierno

y sutil sobre el lugar más sensible, justo debajo de la oreja–. Deberíamos... deberíamos...

–Sí –susurró él contra su oreja.

Su aliento cálido le hacía cosquillas en la piel.

–Deberíamos.

Capturó sus labios. El roce de sus manos buscaba los rincones más secretos al tiempo que sus labios la besaban en las comisuras de la boca. Cuando sintió su lengua entreabrió los labios de forma automática y le dejó entrar.

Nadir le sujetó la cabeza con las manos y empezó a besarla con fervor. El cuidado con el que la acariciaba, la reverencia que había en sus besos... Algo se encendió dentro de Zoe. Empezó a deslizar las manos sobre su pecho, apoyó las yemas de los dedos contra su cuello y palpó los latidos de su corazón. Le devolvió el beso.

Sus alientos se entremezclaron... Él le lamió los labios, deslizó una mano sobre su hombro, su espalda. La tumbó sobre las almohadas.

Zoe se sintió tentada de retroceder, de ir más despacio... Pero en realidad solo se estaban besando. Todavía tenían la ropa puesta y estaban lejos de la cama. Sin embargo, no andaban lejos del punto donde no habría vuelta atrás. Enredó las manos en su cabello y tiró de él. Él emitió un sonido cercano a un gruñido y le bajó uno de los tirantes del salto de cama. Extendió la mano sobre su pecho desnudo. Su tacto era indiscutiblemente posesivo. Zoe arqueó la espalda y se frotó contra la palma de su mano. Reprimió un grito de placer.

Zoe vio el brillo de la pasión en su mirada. Una onda de incertidumbre le atravesó la espalda y entonces sintió el calor de su lengua sobre el pezón. Gimió y le agarró la cabeza con más fuerza. Él jugaba con su cuerpo con maestría.

Sentía los pechos duros y pesados. Un ansia incon-

tenible se propagaba por su pelvis. El ruido de sus propios jadeos hacía vibrar el aire. Nadir le levantó el camisón lentamente y deslizó una mano sobre su pierna.
Un momento después la agarró de la entrepierna y ella
empezó a mecerse contra su mano.

La mente de Zoe se cerró en cuanto sintió sus dedos
contra el clítoris. Un cosquilleo caliente se propagó en
espiral por su interior. Con cada caricia de Nadir su
cuerpo se tensaba más y más.

–Eso es, Zoe –le dijo él, metiendo un dedo.

Una ola de satisfacción, cálida y deliciosa, recorrió
su cuerpo. Trató de aferrarse a ese momento maravi-
lloso. Quiso saborear esas sensaciones tan puras durante
todo el tiempo posible.

Se desplomó contra las almohadas. Los latidos de su
corazón le retumbaban en los oídos. No oyó el roce de
la ropa. Nadir metió una rodilla entre sus piernas y se
acomodó en el medio.

Zoe sacudió la cabeza. Trató de articular palabras.

–Yo no... No puedo...

Sintió la punta de la erección, presionando los labios
de su propio sexo. Su cuerpo traidor, que aún vibraba de
placer, le aceptó con impaciencia.

Se hundió en ella. Zoe le vio cerrar los ojos. Apretó
la mandíbula y los músculos de sus mejillas se contrajeron. Los brazos le temblaban.

Zoe creía que ya no podría soportar tanta ternura. De
forma instintiva, levantó las caderas y le hizo penetrar
más. Nadir echó atrás la cabeza y en ese momento se
quebró su autocontrol. Ella sintió el rugido de su voz,
que parecía salirle del pecho. Un segundo después estaba dentro de ella.

Nunca se había sentido así. Sensaciones salvajes cre-
cían dentro de ella con cada embestida poderosa. El placer que él le daba era arrebatador, casi feroz.

Enroscó los brazos alrededor de su cuello y se aferró a él. Se apretó contra él, colocó las piernas alrededor de sus caderas. Sabía que si se rompía en mil pedazos, él la sujetaría.

El clímax, incandescente como un hierro al rojo vivo, la sacudió al tiempo que él se abandonaba al placer más absoluto. Le gruñó en la oreja. Ella entreabrió los labios, pero no pudo emitir sonido alguno. Se dejó llevar por el frenesí.

No se conformaba y buscaba ávidamente el golpe de cada embestida, siguiendo su ritmo desbocado. Abrió la boca y trató de tomar una bocanada de aire. Aspiró el aroma a hombre. Su sexo palpitaba y se cerraba alrededor de él. Los músculos de Nadir se tensaron bajo las yemas de sus dedos. Con una poderosa embestida, él gritó y encontró el alivio. Un segundo después se desplomó sobre ella.

Se hizo el silencio. Lo único que se oía era la respiración entrecortada. Poco a poco Zoe tomó consciencia de la tensión que los rodeaba. Ese momento de pura felicidad se evaporó. Abrió los ojos.

Su amante seductor se había transformado en un hombre peligroso. Veía la rabia y la amenaza en su mirada fiera. La tenía atrapada contra el suelo. Sus cuerpos seguían unidos.

Una garra de miedo la arañó por dentro. Nunca se había sentido tan vulnerable, tan expuesta. Él sabía la verdad sobre ella. Lo adivinó antes de oírle hablar.

–Tú no eras virgen –le dijo entre dientes.

Capítulo 5

NO TENÍA escapatoria. Estaba indefensa, atrapada bajo esos músculos de acero. Él tenía las manos apoyadas a cada lado de su cuerpo. No había escapatoria.

El corazón le latía con tanta fiereza que casi le dolía. Había bajado la guardia y se había quedado sin defensas. Nada la protegería contra la cólera del jeque. Lo miró a los ojos con cautela.

El rostro sombrío de Nadir no dejaba lugar a dudas. Zoe apenas podía creerse que tan solo unos minutos antes la hubiera acariciado con tanta ternura. Quería esconderse, desaparecer. Deseaba poder cerrar los ojos, pero eso no iba a salvarla. Sabía que no debería haberle dejado acercarse tanto. Su ternura era una farsa, pero aún así había caído en la trampa. ¿Por qué? Quizá fuera porque durante esos efímeros momentos no se había sentido tan sola, tan despreciable.

Sintió lágrimas en los ojos. Era patética, estúpida... ¿Cuándo iba a aprender? Los hombres eran agradables con ella solo cuando querían algo.

Nadir debió de percibir su soledad y la usó en su propio beneficio. No había más remedio que sufrir las consecuencias.

—Contéstame, Zoe.

Ella le empujó, pero era demasiado fuerte.

—Quítate.

—Ni hablar.

—¿Cómo te atreves a acusarme de algo así?

–Eso no va a funcionar. Sé que no eras virgen. No hubo ningún tipo de resistencia. No sentiste dolor, y sé que no habrá sangre alguna que pruebe tu inocencia.

–Eso no significa nada.

–No querrás tentar a la suerte conmigo, ¿no? Empieza a hablar. ¿Qué te hizo pensar que podías salirte con la tuya con esto?

El corazón de Zoe latía con tanta fuerza que casi parecía que se le iba a salir del pecho.

–No sé por qué tienes que decir algo así.

Nadir arrugó los párpados.

-¿Creías que no me iba a dar cuenta? –le dijo, empujando con las caderas–. ¿Creíste que podrías disimular la reacción de tu cuerpo?

–¡Muy bien! –gritó y apartó la mirada–. No era virgen.

El silencio fue pesado y tenso.

Ella se mordió el labio. Una frialdad casi sobrenatural se le metió en los huesos. ¿Qué le iba a pasar? ¿Qué le iba a hacer Nadir? No sabía si era lo bastante fuerte para enfrentarse al futuro.

Parpadeó furiosamente para no derramar las lágrimas.

–Quítate de encima... por favor –le suplicó con la voz quebrada.

Nadir vaciló, pero finalmente se apartó y se puso en pie.

–¿Tienes novio? ¿Un amante? –le preguntó mientras se ponía la ropa. Sus movimientos eran ágiles, agresivos–. ¿Todavía sigues con él?

Zoe no esperaba una pregunta como esa.

–No –le dijo, incorporándose, aunque en realidad no estaba del todo segura. Musad era el pasado, pero también amenazaba su futuro.

–Quiero la verdad, Zoe. No quiero que haya ningún antiguo amante por ahí. Ahora me perteneces.

Zoe se estaba poniendo cada vez más nerviosa, intranquila. Una oleada de oscuras emociones amenazaba con llevársela por delante. Tenía que jugar bien sus cartas, suplicar misericordia, prometerle cualquier cosa, pero era como si su cuerpo se negara. Había entrado en modo kamikaze y no sabía cuándo había ocurrido.

—¿Te pertenezco? ¿Me estás hablando en serio? —le preguntó en un tono desafiante.

Ella no pertenecía a nadie. Nadie la quería en realidad. Solo la utilizaban según les convenía.

Se subió los tirantes del camisón.

—¿Por qué no me das una lista de todas las mujeres con las que te has acostado? Por si acaso me las encuentro por ahí.

Nadir apoyó las manos en las caderas. Era evidente que aceptaba el desafío.

—¿Con cuántos hombres te has acostado?

Las cosas no hacían más que empeorar. Zoe sabía que debería haberse mordido la lengua, pero no podía contenerse.

—¿Con cuántos, Zoe?

—Uno. Solo uno —le dijo con reticencia, poniéndose en pie.

Solo había hecho falta un hombre para arruinar su vida. Sin duda se le daba muy bien escogerlos.

—No te creo.

Zoe apretó los dientes. Su cuerpo se había convertido en un caldero lleno de rabia.

—A mí no me juzgues según tu criterio.

Nadir se ruborizó. Estaba intentando controlarse.

—Yo no he fingido ser inocente y virginal.

—No tenías por qué hacerlo, ¿verdad? Pero yo nunca he dicho que fuera virgen. Tú lo diste por supuesto.

—Es que representaste muy bien tu papel —Nadir inclinó la cabeza, en deferencia a su talento interpretativo.

Con solo mirar esos ojos marrones una sola vez, había

caído en sus redes. Hubiera creído cualquier cosa que ella le dijera. Había tenido tanta paciencia... Empezó a caminar por la habitación. Se detuvo frente a la ventana y contempló el cielo estrellado. Era mejor no mirarla mientras intentaba decidir qué hacer a continuación. Así no recordaría su exquisito aroma, ni tampoco la suavidad de su piel.

Zoe no era virgen. Se sentía decepcionado, pero su falta de virginidad no era un crimen. ¿Era esa la razón por la que trataba de huir? ¿Acaso creía que iba a anular el matrimonio y a darle unos azotes?

Sí. Debía de ser eso lo que pensaba. Después de todo, él era La Bestia. Probablemente pensaba que sería él mismo quien empuñaría el látigo.

A lo mejor podía usar eso a su favor. ¿Se comportaría ella como una mujer ejemplar de Jazaar solo para complacerle?

Se volvió y se apoyó contra la ventana, observándola. Tenía el pelo alborotado, los labios rojos e hinchados, una mano sobre el hombro y la otra alrededor de la cintura. La miró a los ojos. Había dolor y rabia en ellos. Y algo más... Zoe tenía unos cuantos secretos.

—¿Quién sabe la verdad sobre ti? ¿Los ancianos?

—No —ella lo miró como si estuviera loco.

—¿Estás segura?

No iba a revelar su secreto, pero si alguien más lo sabía, podía llegar a perjudicarle.

Los ojos de Zoe brillaron de rabia.

—Si lo supieran, me habrían azotado y tendría cicatrices.

Eso era cierto. Nadir sintió que se le encogía el corazón al recordar esas marcas y quemaduras que había visto en su cuerpo. Todas esas cicatrices eran de años de abusos continuos, pero no había marcas de látigo.

—Sabes que esto es motivo suficiente para anular el matrimonio, ¿no? –le preguntó, intentando mantener un tono impersonal.

Tenía que asustarla un poco.

–¿Anular el matrimonio? –susurró. Se quedó pálida–. ¿Me harías eso? –le preguntó, como si la hubiera herido profundamente.

–Está en el contrato de matrimonio.

–No te creo –Zoe le fulminó con una mirada.

Dio un paso adelante y le señaló con el dedo.

–Solo tratas de asustarme porque sabes que no puedo leerlo. Debería haber sabido que ibas a usar esa información en mi contra.

Él cruzó los brazos sobre el pecho. Tenía que mostrarse implacable y no estaba dispuesto a disculparse por ello.

–Te estoy diciendo la verdad. De acuerdo con el contrato, accediste a este matrimonio de una forma fraudulenta.

–¿Pero qué hombre de este siglo querría anular un matrimonio porque la esposa no es virgen?

–Conseguiste este matrimonio gracias a una mentira –señaló la puerta–. Ningún hombre de Jazaar se quedaría con una mujer en la que no pudiera confiar.

–Tienes razón –le dijo ella y levantó las manos con impotencia–. Ninguno de los hombres que conozco entiende el significado de la palabra compromiso.

Nadir se mesó el cabello y entrelazó las manos por detrás de la cabeza. Le resultaba difícil respirar. Una pesadez asfixiante le oprimía el pecho. Sabía que tenía que seguir adelante con el matrimonio, pero no podía evitar preguntarse si ella contaba con esa baza. ¿Era por eso que había accedido a casarse con el jeque? ¿Porque sabía que él no podía arriesgarse a pedir otra anulación?

La miró fijamente. No. De haberlo sabido ya lo hubiera utilizado en su contra. A juzgar por su mirada, parecía más interesada en esconder las razones por las que se había casado con él.

–¿Qué? –le preguntó Zoe, rompiendo el contacto visual–. ¿Qué pasa?

Él ladeó la cabeza y le clavó la mirada. Ella escondía algo.

–¿Qué más me estás escondiendo?

Ella alzó la barbilla.

–No sé de qué me estás hablando. No te estoy escondiendo nada.

–¿Estás segura? ¿Un bebé, por ejemplo?

–¿Un bebé? - Zoe se escandalizó–. ¿Crees que estoy embarazada?

Nadir se encogió de hombros y respiró. La acusación la había tomado por sorpresa. Si no era un bebé, ¿qué otra cosa podía esconder?

–¿Te parezco embarazada?

–Me pareces culpable.

–Bueno, a ver si he entendido bien todo esto. Como no soy virgen, tengo que ser una cualquiera forzosamente. Y tú crees que como he tenido sexo en el pasado, ahora tengo que estar embarazada, ¿no?

Él arqueó una ceja.

–El sexo es la forma por la que te quedas embarazada.

–No estoy embarazada –masculló ella.

–¿Y se supone que me tengo que fiar de tu palabra? –gesticuló con las manos–. ¿Basándome en tu historial de sinceridad?

Ella echó atrás la cabeza. Su larga melena le cayó sobre los hombros.

–Me hago un test de embarazo ahora mismo si quieres.

–Bueno, tendrás que disculparme por no querer llamar a recepción ahora mismo para pedir un test de embarazo en nuestro segundo día de luna de miel.

–No estoy escondiendo un embarazo –se tocó el pecho, como si estuviera haciendo un juramento–. Yo jamás haría algo así, ni al padre ni al hijo.

–Eso es admirable –le dijo él con un sarcasmo afilado–. Pero no has sido del todo sincera conmigo.

–Siento no haber sido la perfecta novia de Jazaar, digna de un jeque –dijo ella con resentimiento–. Pero tú tampoco eres un regalito que digamos.

Él dio un paso hacia ella.

–¿Disculpa?

–¿Por qué pensé que ibas a mantener tu promesa?

–¿De qué estás hablando? Yo siempre mantengo mis promesas –le puso una mano sobre el hombro–. Mi palabra es sagrada para mí.

Ella le quitó la mano.

–Me prometiste que no tendríamos sexo hasta que yo estuviera preparada. Esta noche me sedujiste y rompiste tu promesa.

–Podrías haberme detenido en cualquier momento.

Zoe arqueó una ceja y arrugó los labios.

–Ambos sabemos que eso no es verdad.

Nadir apretó la mandíbula. A lo mejor ella sabía que no era capaz de mantener las manos quietas cuando estaba a su lado. Tenía que mantener la distancia. No confiaba en ella, pero tampoco confiaba en sí mismo.

Tenía que centrarse. Ella aún le ocultaba algo.

–La única razón por la que me hiciste prometer algo así fue para que no descubriera que no eras virgen.

Ella asintió lentamente.

–Eso es cierto.

La confesión le sorprendió. ¿Por qué era tan franca de repente? Esa actitud era todavía más sospechosa.

–Sabías que te arriesgabas a que yo descubriera la verdad. Tenías que saber que la anulación podía ser una de las consecuencias.

–Yo esperaba que no lo descubrieras hasta después de la última ceremonia de bodas.

Eso tenía sentido. Después de la última ceremonia, hubiera sido casi imposible divorciarse.

–¿Cuando ya estuviera atado a ti sin remedio?

–Cuando ambos estuviéramos atados el uno al otro –especificó ella, mordiéndose el labio–. Déjame las cosas claras, Nadir. ¿Qué vas a hacer?

Él no lo sabía. Necesitaba ese matrimonio, pero no se fiaba de ella. Aunque fuera a meterla en un palacio remoto, aún seguiría casado con ella.

–¿Me vas a castigar por algo que hice antes de conocerte? –le preguntó ella con lágrimas en los ojos.

–No tienes derecho a preguntarme eso.

–¡Sí que tengo derecho! –exclamó ella, furiosa. Dio un golpe en el suelo con el pie–. Tu decisión me va a cambiar la vida, otra vez.

–¡Deberías haber pensado en eso antes de acostarte conmigo, o con ese hombre!

–¿En serio? –Zoe apoyó las manos en las caderas–. ¿Qué hubieras hecho tú en mi situación? ¿Cómo habrías sacado el tema?

–Es una pérdida de tiempo pensar en eso –le dijo él, pasando por delante de la mesa baja–. Lo que está hecho está hecho.

Las almohadas que estaban junto a la mesa llamaron su atención. ¿En qué estaba pensando? ¿Cómo se le había ocurrido tomar a su esposa en el suelo? Así no era como había planeado la velada.

Se detuvo de golpe. De repente se dio cuenta. La seducción no había ido tal y como esperaba. No había usado protección.

Cerró los ojos y apretó los puños... Las Furias debían de estarle castigando por su primera noche de bodas.

–Nadir... ¿qué sucede?

–Me voy.

–¿Adónde vas? –le preguntó ella en un tono de ansiedad.

–Voy a buscar otro sitio para pasar la noche –le dijo,

yendo hacia la puerta. Necesitaba pensar antes de dar un paso en falso.

Zoe lo agarró del brazo.

–¡No puedes hacer eso!

Él le miró las manos. Todavía las tenía pintadas de henna.

–¿Y por qué no? ¿Acaso te preocupa tu reputación?

–¡Sí! ¡En realidad, sí! –le tiró de la manga de la camisa con impaciencia–. El novio se queda en la suite nupcial. Si se llega a saber por ahí que no te he complacido, tendré muchos problemas.

–Nadie pensaría algo así.

Nada más decirlo, tuvo sus dudas. Zoe era parte de una tribu muy cerrada. Al día siguiente todo el mundo sabría que no había agradado al jeque.

–Nadir, escúchame –le dijo, clavándole las uñas en la camisa–. No puedes llevarme de vuelta con mi tío.

Él sabía que devolverla a su familia sería una crueldad.

–No me perdonarán. Si me devuelves, eso traerá la deshonra a la familia y me matará –la voz le temblaba–. Nadie intervendrá. Mis tías apoyarán su decisión. La tribu lo aprobará.

–El asesinato por cuestiones de honor está prohibido en Jazaar.

–Eso le dará igual. Por favor, Nadir. No puedes arrojarme a los lobos.

–No me digas lo que tengo que hacer –le dijo, abriendo la puerta.

–¿Te vas de todos modos? ¿Después de todo lo que te he dicho? –le soltó. Respiró profundamente y apartó la mirada–. ¿Vas a anular el matrimonio?

–No me presiones –le advirtió él y salió–. Ya te enterarás como todos los demás durante la ceremonia.

Capítulo 6

NADIR volvió a la suite a la noche siguiente. Era bastante tarde. Había tomado una decisión, pero no estaba satisfecho con ella. Su plan de acción no había cambiado mucho desde el momento en que se había dado cuenta de que Zoe podía estar embarazada.

Había hecho todo lo posible por mantenerse alejado de ella hasta ese momento. Tal y como esperaba, nadie se había atrevido a preguntarle por qué necesitaba otra habitación. Además, la excusa de no querer molestarla había sido de lo más oportuna porque su teléfono no paraba de sonar.

Esbozó una sonrisa maliciosa. Mentía casi tan bien como su esposa.

Su esposa... Las palabras le cortaron como una daga. Su esposa traicionera y mentirosa... No había pegado ojo en toda la noche pensando en ella. Además, apenas había podido concentrarse en el trabajo durante el día. No hacía más que recordar esa piel suave y exquisita... Con solo pensar en ello su cuerpo reaccionaba, se tensaba. Tenía que aprender a controlar esa lujuria poderosa y primitiva. Apretó la mandíbula y metió la llave en la ranura con más fuerza de la que era necesaria. Entró en la suite. La sala de estar estaba vacía. Se dirigió al dormitorio. Las dos doncellas de Zoe estaban allí. Llevaban *abayas* muy coloridos, a juego con los tocados.

Estaban llamando a una puerta cerrada, dando golpecitos con timidez.

–¿Por qué no estáis preparando a la jequesa?

Amina se dio la vuelta y contuvo el aliento. Se agarró el ostentoso collar que llevaba puesto. Halima se volvió lentamente y bajó la cabeza. Era un gesto de derrota.

–Estábamos dándole los toques finales –dijo Amina, señalando la puerta–. Y entonces ella nos llevó hacia la puerta y nos dejó fuera.

Nadir no dijo nada. Se mantuvo impasible. Sin embargo, sabía que Zoe no saldría del dormitorio sin batalla.

–Dice que no va a la ceremonia –añadió Halima, sin levantar la cabeza.

Se estaba arriesgando mucho desafiándole de esa manera. Pronto aprendería a no ponerle a prueba con tanto descaro.

–Retiraos, por favor. Yo me ocupo de preparar a mi esposa.

Amina y Halima se miraron. No parecían muy convencidas ante tanto derroche de paciencia marital.

–No hay por qué alarmarse –les dijo con una sonrisa que no sentía–. Mi esposa odia las ceremonias y no está acostumbrada a ser el centro de atención. Ya me ocupo yo de esto.

Las sirvientas siguieron titubeando.

–Por favor, uníos a la fiesta –les dijo, invitándolas a marcharse con un gesto de la mano–. La jequesa y yo bajaremos enseguida.

Las doncellas sabían distinguir una orden de una sugerencia. Se retiraron de inmediato.

Nadir esperó a que se marcharan y entonces llamó con fuerza a la puerta.

–¿Zoe? Es hora de irnos.

–Yo no voy.

No estaba cerca de la puerta. Su voz sonaba como si estuviera al otro lado de la habitación.

–Abre la puerta.

–¿Para que me puedas presentar ante la tribu, decirles que no soy digna de ti, y mandarme de vuelta con mi tío? Olvídalo.

–Es la última advertencia que te doy.

–Puedes hacer el anuncio sin mí. Luego me cuentas qué tal fue la fiesta.

Nadir dio un paso atrás y le dio una patada a la puerta. Apenas oyó el grito de Zoe por encima del ruido de la madera al romperse. La puerta se abrió de golpe y dio contra la pared, provocando un gran estruendo.

Zoe se dio la vuelta. Su traje dorado ondeó en el aire un instante. Estaba radiante. Nadir se agarró del marco de la puerta. De repente le fallaban las rodillas.

La miró durante un instante. Los latidos de su corazón casi le dejaban sordo. Sus negros rizos se movían alrededor de su rostro como un halo color azabache. En vez de un velo en esa ocasión llevaba una tiara rutilante. La habían transformado en una belleza real.

El caftán dorado resplandecía bajo la luz. La fina seda de la prenda le acariciaba el cuerpo y se le ceñía en los lugares adecuados. Nadir tragó con dificultad y agarró el marco con más fuerza. Estaba gloriosa. Nada le había preparado para el impacto de su belleza en todo su esplendor.

Pero ella lo miraba con ojos desafiantes. Sus ojos echaban chispas de rebeldía y miedo.

–Si tratas de llevarme a rastras, empezaré a dar patadas, gritaré y te clavaré las uñas durante todo el camino.

–No me cabe duda –le dijo Nadir, casi hipnotizado.

Los latidos de su corazón se hicieron más espaciados. Parpadeó varias veces para tratar de romper el hechizo.

–No pienso pararme a tu lado delante de todo el mundo para que me humilles públicamente.

Nadir se le acercó con prudencia. Estaba preciosa y no se fiaba de sí mismo.

—Si te comportas bien, no pediré la anulación.

Zoe lo miró con recelo.

—No te creo. Esos jueguecitos no van a funcionar conmigo.

—No me importa que no fueras virgen en la noche de bodas.

Zoe miró hacia la puerta.

—Baja la voz.

—Lo que sí me importa es que tengas secretos conmigo. No quiero sorpresas desagradables. Con este precedente, tengo la sensación de que me vas a sabotear durante la ceremonia.

—Sí. Claro. Como si yo tuviera esa clase de poder. No trates de convencerme con argucias. Dirás cualquier cosa con tal de llevarme a la ceremonia y darte el placer de repudiarme y despreciarme como si fuera basura delante de todo el mundo.

—Si realmente quisiera terminar con este matrimonio, lo único que tendría que hacer sería traer a los ancianos y llevar a cabo los rituales pertinentes.

Ella extendió la mano.

—No te acerques más.

Él ignoró la advertencia y se aproximó hasta que dio contra la palma de su mano. Los dedos le temblaban.

—Zoe, vas a asistir a la ceremonia y permanecerás a mi lado, contenta y feliz.

Ella se rio a carcajadas.

—Eso nunca va a pasar.

Nadir respiró hondo.

—Tienes que entender que mi última boda deterioró sin remedio la relación que tengo con tu tribu.

Ella bajó la mano lentamente.

—¿Tan grave fue?

Él dio un paso adelante.

—Los ancianos creen que soy demasiado occidental

para gobernar Jazaar algún día. Por eso me emparejaron contigo. Una novia americana. Muchos vieron una falta de respeto a la tradición en la forma en que manejé mi primera boda.

—Entonces vas a ser un líder moderno. Aprenderán a aceptarlo. ¿Qué tiene de malo?

Él titubeó. ¿Realmente quería decirle que necesitaba contar con ella? Podía llegar a utilizar esa información en su contra.

—Zoe, tratarán de destruirme con tal de proteger su forma de vida.

Ella se quedó quieta y le lanzó una mirada cautelosa. Intentó dilucidar si era una mentira cuidadosamente elaborada. No dijo nada.

—Si procedo a anular otro matrimonio, las repercusiones políticas serán considerables.

Ella apartó la vista.

—No pienses en mí. Piensa en la gente a la que has curado, las familias de las que has cuidado, y los niños a los que has ayudado a traer el mundo. Lo perderán todo si tratan de ir en mi contra.

Nadir vio la lucha en sus ojos. Era una marginada en su tribu, pero realmente se preocupaba por aquellos a los que ayudaba. No era una persona vengativa.

—Tienes que confiar en mí.

Ella sacudió la cabeza como si tratara de aclararse la mente.

—Ya has roto otras promesas. Devolviste a tu primera esposa, ¿y esperas que crea que no vas a hacerlo de nuevo?

Nadir no podía sino reconocer que le estaba pidiendo un acto de fe importante.

—Y ahora me dices que vas a ganar cualquier conflicto con la tribu —cruzó los brazos—. A lo mejor te llevas un batacazo, pero seré yo a quien destruyan. Nada te detiene en realidad.

–Y nada me detendría si ahora mismo quisiera cargarte sobre mis hombros y sacarte de esta habitación –la voz le temblaba.

Se clavaron la mirada durante unos segundos. Una tensión creciente chisporroteaba entre ellos. Nadir no le escondía nada. Estaba decidido a demostrarle que no estaba mintiendo, pero odiaba ese sentimiento. No recordaba haberse sentido tan expuesto y vulnerable en mucho tiempo.

Zoe pasó por su lado de repente.

–Bueno, ayúdame, Nadir –le dijo, entre dientes–. Si me estás mintiendo, te mataré con mis propias manos.

Una ola de alivio lo recorrió de arriba abajo. La agarró de la muñeca. Ella se detuvo de golpe. Podía sentirle el pulso bajo las yemas de los dedos.

–Quédate a mi lado y no me sueltes.

Ella masculló algo ininteligible y lo agarró del brazo.

¿Le creía de verdad o acaso le estaba tendiendo una trampa? Era difícil de saber.

No era buena idea salir al campo de batalla sin saber quiénes eran los amigos y enemigos.

–Y ahora sígueme –le dijo él, poniendo su mano sobre la de ella.

–No me hagas arrepentirme –le dijo ella, manteniendo la vista al frente.

Zoe no quería estar agarrada a Nadir todo el tiempo, pero no se veía capaz de mantenerse en pie por sí misma. Las piernas le temblaban tanto... Tenía el cuerpo entumecido; el miedo le agarrotaba el estómago. No podía obedecer al instinto y salir corriendo.

Al entrar en el ascensor, su cuerpo se resistía a moverse hacia delante. Respiró profundamente, contrajo los músculos. Nadir le dio un pequeño empujoncito y casi la hizo tropezar. Su corazón latía sin ton ni son. Cuando oyó cerrarse las puertas del ascensor, se sobresaltó.

–Relájate –le dijo él, manteniendo la vista al frente.

Lo miró, nerviosa, pero él no la estaba mirando.

–¿Nadir? –le dijo. No podía evitar que se le quebrara la voz.

Él levantó la vista hacia las luces que indicaban en qué piso estaban.

–Es hora de hacer nuestra mejor actuación.

Ella oyó la campanita del ascensor y dio un paso atrás. Nadir la agarró con más fuerza. No había escapatoria. Ella respiró hondo, bajó la cabeza y rezó. Cuando se abrieron las puertas del ascensor, levantó la mirada, puso su mejor sonrisa y cruzó el umbral.

El pequeño vestíbulo estaba en silencio, casi vacío. La mayor parte de los invitados estaban en el jardín, esperándoles. Zoe oyó la música y el murmullo de la conversación,

–¡Zoe! –su prima Fatimah estaba junto a los ascensores.

Llevaba un caftán de color rojo intenso, diseñado para atraer todas las miradas.

«No, no, no...», se dijo Zoe. La sonrisa se le congeló en la cara. Lo último que necesitaba en ese momento era tener que lidiar con su venenosa prima. No quería que Fatimah le diera alguna razón más a Nadir para abandonarla.

–Enhorabuena.

–Muchas gracias, Fatimah –dijo Zoe con rigidez.

Fatimah le lanzó una mirada astuta a Nadir.

–Y para usted también, Su Alteza. Me alegro mucho de que Zoe le haya complacido.

Zoe ladeó la cabeza, sospechando. Había algo en su tono de voz... Ya lo había oído antes. Su prima estaba a punto de asestar el primer golpe.

–Pero la verdad es que no me sorprende –dijo en un tono conversador, pero había una auténtica amenaza en sus ojos–. Teniendo en cuenta su experiencia con los hombres.

Las palabras condenatorias de su prima la golpearon como un látigo. El dolor la consumió por dentro como una llamarada. No podía creerse que el odio de Fatimah llegara hasta ese punto. ¿Cómo podía causar tanto daño una mujer con una sola bocanada de aire?

–Fatimah, ten mucho, mucho cuidado –dijo Nadir con un hilo de voz que sonaba muy peligroso–. Cualquier cosa que digas en contra de Zoe, la estás diciendo en contra mía también.

Fatimah miró a Nadir como quien mira a un contrincante desconocido.

–No sé si entiendo lo que quiere decir –le dijo con falsa dulzura, batiendo las pestañas sin cesar.

–Entonces te lo explicaré mejor –Nadir no levantó la voz, pero había algo en tu tono que hacía temblar–. Si surge algún rumor malintencionado sobre Zoe, te haré responsable personalmente.

Fatimah se sobresaltó.

–Pero eso no es justo.

Nadir se encogió de hombros. Le traía sin cuidado.

–Es una advertencia. Soy un hombre razonable, pero cuando me provocan, mi crueldad no conoce límites.

Zoe se aferró al brazo de su esposo y se dejó llevar hacia el jardín.

–Fatimah no se dará por vencida tan fácilmente. Te asestará otro golpe cuando menos te lo esperes –le dijo él en un susurro–. Pero por lo menos ya no tiene garras. Ya no debería ser una amenaza real.

–Gracias –le dijo ella.

No sabía muy bien qué hacer o decir. Había pasado mucho tiempo desde la última vez que alguien había salido en su defensa. Él le apretó la mano. Ella levantó la vista y lo miró. Había dureza en la expresión de su rostro. No había ni la más mínima suavidad.

—Pensaba que nadie lo sabía.

Zoe se puso tensa. No iba a dejar que le echara la culpa.

—Nunca le dije nada a nadie. Eso hubiera sido un suicidio.

—Entonces ese amante tuyo no te quería lo bastante como para protegerte –le dijo con una sinceridad abrumadora–. Y tú fuiste demasiado temeraria.

—¿Podemos dejar este tema ahora? –le pidió ella.

El murmullo de la fiesta se acercaba cada vez más.

—Por supuesto.

Los invitados esperaban pacientemente. Les recibieron con aplausos. A medida que avanzaban hacia el estrado cubierto de alfombras persas, Zoe se dio cuenta de que la ovación era prudente. ¿Acaso trataban de determinar si la historia se iba a repetir?

Una ola de pánico atroz se apoderó de ella. La dulce fragancia de las flores casi la asfixió.

Hizo todo lo posible por mantener la sonrisa ante los hombres de la tribu. Estos miraban a Nadir fijamente, escudriñando su expresión. No sabía qué más podía preocuparles, aparte del dinero que podían perder. Probablemente habrían hecho apuestas sobre el resultado del matrimonio.

Era ella quien podría perder sus sueños, su futuro y su libertad.

Miró a Nadir. Su mirada no revelaba nada. No había sonrisa, ni rabia, ni nada. Su expresión, no obstante, era sombría.

«No te va a devolver a la tribu», se dijo a medida que se acercaba al estrado frente al que se decidiría su destino.

«Te defendió delante de Fatimah».

Pero eso bien podía haber sido un gesto protector... algo que tampoco serviría de mucho si él no estaba allí para obligarlos a cumplir.

Iba a anular la boda. Estaba convencida de ello. El miedo cristalizó y empezó a arañarla por dentro como un fragmento roto y puntiagudo. Mantuvo la vista fija en las alfombras e intentó buscar escapatoria.

Pero no había adónde ir, dónde esconderse. Duraría menos de un día en el desierto que rodeaba el pueblo. Lo único que podía hacer era soportar lo que estaba por venir.

La música terminó abruptamente y los invitados callaron. El jefe de la tribu se acercaba. Zoe podía oír esa forma de arrastrar los pies que le era tan familiar.

Solo era cuestión de tiempo. Nadir no tardaría en deshacerse de ella.

El anciano se detuvo frente a ellos. Zoe empezó a ver puntos negros por el rabillo del ojo. Se agarró con más fuerza a Nadir. Era extraño tener que apoyarse y confiar en el hombre que podía destruirla con una sola palabra.

Él saludó al jefe tribal, como dictaba el protocolo, y entonces se volvieron hacia ella.

—Permítame que le presente a mi esposa —le dijo Nadir.

Zoe contuvo el aliento. ¿Acaso lo había soñado?

La multitud empezó a aplaudir y entonces supo que ya no estaba bajo el yugo de su tío.

Le pertenecía al jeque.

Capítulo 7

ZOE despidió a sus curiosas doncellas y miró el reloj. Ya habían pasado horas desde que había terminado la ceremonia. Nadir había sido invitado a una reunión privada con los ancianos de la tribu.

Se metió entre las sábanas y apagó la luz. Apoyó la cabeza en la almohada y trató de ponerse cómoda. Ojalá hubiera podido olvidar el placer que Nadir le había dado la noche anterior... Tenía que mantener la distancia. No podía acercarse demasiado a un hombre, no podía confiar, no podía desearle. Eso solo le traería problemas.

Frunció el ceño al recordar esos momentos cuando Nadir y su tío Tareef habían charlado como viejos amigos durante la ceremonia. Eso le dolía, porque él sabía muy bien lo que le había hecho su tío. A lo mejor no la creía... Después de todo, ¿qué hombre iba a creer a una mujer antes que a un hombre? La palabra de una marginada no valía nada frente a la de un ciudadano respetable.

Tenía que andarse con cuidado con Nadir. Nunca estaría segura viviendo en ese reino del desierto ultraconservador. Además, lo único que podía conseguir de él era protección. Con un poco de suerte, él ya no volvería a hacerle ningún caso. Ya había consumado el matrimonio y no tenía necesidad de volver a tratar con su esposa. Seguramente en ese momento estaba en la otra suite del hotel.

Zoe se movía de un lado a otro sobre la cama. Le dio un puñetazo a la almohada y trató de acomodarse por enésima vez. Se hizo un ovillo. Estaba decidida a pensar en un futuro mejor. Era hora de relajarse.

Justo cuando empezaba a quedarse dormida, sintió que apartaban las sábanas. La cama se hundió ligeramente. Parpadeó, adormilada, y vio que era Nadir.

Una ola de calor la recorrió por dentro y su corazón dio un salto. Odiaba sentirse así cuando él estaba a su lado, pero la sensación era adictiva.

−¿Qué estás haciendo aquí?

−Es mi cama.

¿Era una ilusión óptica o él se estaba acercando?

−Anoche también era tu cama, pero no dormiste en ella.

−Anoche no sabía cuáles eran tus verdaderos motivos para casarte con La Bestia.

Zoe sintió que el aire se le atragantaba. Parecía tan seguro de sí mismo...

−¿Y ahora lo sabes? −le preguntó ella, escondiendo su vulnerabilidad detrás de una capa de rabia−. ¿O es que has superado de repente esa paranoia tuya?

−Accediste a un matrimonio de conveniencia porque necesitabas salir de la casa de tu tío antes de que averiguara algo acerca de... esa aventura romántica tan poco aconsejable que tuviste.

−Ya veo que no se te escapa nada. ¿Pero cómo cambia eso la otra noche? Te pusiste furioso cuando viste que no era virgen.

−Me tomaste por sorpresa, pero no me importa que fueras virgen o no cuando te casaste conmigo.

−Qué moderno −dijo ella con sarcasmo.

−Podrías habérmelo dicho.

−No. No podía.

−Anoche pensé que escondías otra cosa, algo más

serio. Pero tu único miedo era tener que volver con tu familia. Ya no tienes por qué tener miedo. Esa preocupación ha desaparecido. Esta noche no tienes nada que esconder.

Él no tenía ni idea de que esa noche tenía aún más razones para esconderse. Cuanto más le revelara de sí misma, más pronto descubriría él todos sus secretos.

—Ya veo que estás muy compasivo hoy. ¿Qué es lo que pasa?

—¿Sinceramente? —la agarró y la atrajo hacia sí—. No podía mantenerme lejos de ti.

—Deja de jugar conmigo. No tiene gracia —puso las manos contra su pecho duro.

Cuando sus piernas chocaron contra las de él, se dio cuenta de que estaba desnudo. Sintió un pinchazo de deseo.

—¿No me crees? —le preguntó él con voz ronca—. Déjame mostrártelo.

Zoe sabía que debía protestar, evitarle. Cuando él la tocaba ya no podía pensar en nada más. La hacía sentir tan bien, que todo lo demás se desvanecía momentáneamente.

Nadir la besó. Un placer intenso y dulce cayó sobre ella. Ella se ablandó en cuanto sintió la presión de su boca. Quería derretirse contra él. Sus besos eran cada vez más urgentes y exigentes. Pero no podía sucumbir tan rápidamente. Tenía que crear una distancia emocional. No podía revelar sus miedos más profundos, sus deseos. Todo era más seguro de esa manera. No podía darle a Nadir tanto poder sobre ella.

Se apartó.

—No tenemos por qué dormir en la misma cama. Estamos casados oficialmente.

—Conozco una forma de celebrar un matrimonio oficial —Nadir la estrechó contra su pecho.

Ella pudo sentir el calor que manaba de él.

–Y se requiere una cama.

Le puso las manos sobre el trasero y apretó con fuerza. Ella levantó las caderas. Él murmuró algo al sentir la pierna de ella sobre la suya propia.

–Esto es una mala idea –susurró ella, retirando la pierna de inmediato–. No tenemos por qué practicar sexo. El matrimonio ya ha sido consumado. Es legal. Está hecho. No hay vuelta atrás.

–Piensa en ello como en un seguro adicional –le sugirió él, acariciándole la espalda.

Zoe se arqueó y empujó los pechos contra él. Sus pezones, erectos, se rozaron contra la fina seda.

De repente se dio cuenta de que realmente deseaba aceptar esa excusa absurda. Quería pasar una noche más con el jeque.

Nadir le bajó un tirante del camisón con impaciencia.

–Quítatelo –le dijo contra los labios.

Zoe vaciló y sacudió la cabeza. Cuantas más barreras había entre ellos, mejor era para ella.

Los besos de Nadir se volvieron más exigentes, menos persuasivos.

Ella suspiró.

–No tienes por qué ser tímida conmigo –le susurró él.

La timidez no tenía nada que ver. Su primer instinto era quitarse el camisón de seda verde, pero no podía capitular tan deprisa. No podía dejarle tomar las riendas. Ojalá hubiera tenido tanto poder sobre él como él tenía sobre ella.

–¿Y si te dejo llevar la voz cantante?

Zoe se mordió el labio.

–¿Dejarme? Puedo llevar la voz cantante cada vez que quiera.

–¿Entonces qué te detiene?

–Tú no tardarías en arrebatármela.

–Ponme a prueba.

Le hubiera encantado hacerlo, pero no debía. Deseaba a Nadir, pero no quería acercarse demasiado.

Deslizó las manos sobre sus hombros, su espalda musculosa. Palpó la fuerza y el poder bajo su piel cálida. Cuando deslizó las yemas de los dedos sobre el hueso de su cadera, él se movió. Zoe sonrió sobre sus labios. Acababa de descubrir que tenía cosquillas.

Siguió bajando la mano, pero Nadir le agarró la muñeca. Ella gimió, decepcionada, y dejó que le llevara la mano hasta el hombro.

–¿No quieres que te toque?

–No quiero que esto termine antes de empezar –le dijo, bajándole el tirante por el hombro.

–Tenemos toda la noche –le recordó ella, acariciándole el pecho.

Necesitaría toda la noche para arrebatarle el control. Le llevaría toda una vida mantener el hechizo sexual sobre él.

Nadir la miró fijamente. Zoe contuvo el aliento. No sabía muy bien qué esperaba encontrar él. La oscuridad era un velo tupido, y no sería capaz de leer su mirada en la penumbra.

De repente la agarró y rodó sobre sí mismo hasta quedar boca arriba, con ella encima.

–Tócame todo lo que quieras.

Zoe sintió que el corazón empezaba a latirle con fuerza. Sentía la piel caliente, tersa. Quería explorar todo su cuerpo, probar su sabor... Pero si lo hacía le revelaría lo mucho que le deseaba, lo difícil que le resultaba mantener las manos quietas a su lado. Y él podría usarlo en su contra después.

Se sentó a horcajadas sobre él y apoyó las manos sobre sus hombros.

–Pon las manos detrás de la cabeza –le ordenó suavemente–. No quiero que me detengas.

–Ni se me ocurriría hacerlo –le dijo él, obedeciéndola.

No podía ver su mirada, pero sí sentía esa sonrisa arrogante. Su cuerpo irradiaba confianza masculina.

Quería desmantelar esa confianza.

Bajó la cabeza. Su larga melena le cayó sobre los hombros. Le lamió en la hendidura del hombro. Sabía a hombre, a calor. Arrastró la punta de la lengua desde la base de su garganta hasta el hoyuelo de su mandíbula. Lo miró a los ojos un momento, lamiéndose los labios de forma deliberada. Él tenía el rostro contraído; la mandíbula tensa.

–¿Quieres que pare ahora?

A Nadir le brillaron los ojos.

–No.

Una llamarada de fuego la recorrió por dentro. Él no quería mostrar debilidad alguna, al igual que ella. Le acarició el pecho, le lamió y le mordisqueó los pezones y siguió adelante, descendiendo sobre su abdomen firme. Podía sentir cómo se le contraían los músculos bajo las yemas de los dedos.

Suavemente, rodeó la base de su erección con la mano y empezó a moverla arriba y abajo, estimulándole. Él arqueó un poco la espalda, su respiración se volvió entrecortada.

Un momento después lo rodeó con la boca. Él enredó los dedos en su pelo sedoso.

De repente la hizo detenerse. La agarró de la cintura y la colocó sobre él. Ella se sentó a horcajadas y él la guio.

–Pensaba que era yo quien estaba al mando –murmuró ella.

–He cambiado de idea –le dijo él entre dientes. Había una energía poderosa y pulsante en él. Ya se había cansado de consentirla.

—Sabía que no duraría —dijo ella en un susurro.

La voz se le trabó en la garganta.

Dardos de fuego le pincharon por todo el cuerpo a medida que se sentaba sobre su miembro erecto. Él se estiró lentamente y la llenó poco a poco. Zoe respiró profundamente. Empezó a menear las caderas y se dejó bañar por el placer más absoluto.

Una necesidad salvaje pugnaba por salir. Quería cerrar los ojos para esconder cómo se sentía, pero no podía apartar la vista de él. Buscó el borde del camisón que llevaba puesto. Empezó a subírselo sobre las piernas, jugando con Nadir, tentándole. Lo soltó un momento y entonces lo recogió aún más arriba.

Finalmente se lo quitó del todo y lo arrojó en un rincón. Ya no se sentía vulnerable bajo su mirada. Se sentía poderosa, hermosa, sexy.

Cuando él le sujetó las caderas, ella supo que el juego se había acabado. Ya la había mimado bastante y su turno había llegado. Había una mirada primitiva en sus ojos.

Poco a poco la obligó a acelerar el ritmo hasta llegar a una cadencia frenética. El placer que le daba era abrumador, inundaba sus sentidos. Estaba fuera de control. Le seguía ciegamente. Era como si su cuerpo no fuera suyo. Necesitaba retroceder un poco aunque su cuerpo le suplicara lo contrario.

Quería rendirse a ese placer, pero sabía que ese momento la cambiaría sin remedio. Si sucumbía, quedaría unida a él de la forma más primitiva.

Nadir deslizó la mano sobre los rizos húmedos que cubrían su sexo y apretó la yema del dedo contra su clítoris. Una onda de puro placer la atravesó como un rayo. Gritó. No podía esconder su respuesta. Se dejó llevar por la oleada de placer al tiempo que Nadir buscaba su propio alivio.

Unos momentos más tarde, se dejó caer contra él. Su cuerpo todavía vibraba. Su piel estaba húmeda. Apoyó la cabeza contra el hombro de él. Sabía que sería mucho más seguro irse al otro lado de la cama, pero necesitaba mantener la conexión un rato más.

Cerró los ojos y se dedicó a escuchar los erráticos latidos del corazón de Nadir. Si no tenía cuidado, se enamoraría sin remedio de su esposo de conveniencia.

Y ese sería el peor error que podía cometer. No podía fiarse de ese sentimiento. Nada podría retenerla en Jazaar.

Capítulo 8

LA LUZ del sol se colaba por las ventanas. Nadir se alzó sobre un brazo, apoyó la barbilla sobre la mano y contempló a Zoe mientras dormía. Estaba hecha un ovillo, con los puños debajo de la almohada, las piernas encogidas.

Incluso en sueños nunca dejaba que nadie se acercara mucho. Pero eso no era siempre cierto. Había dejado entrar a un hombre en su corazón, un hombre que no era merecedor de su confianza.

Muy pronto aprendería a confiar en él y en nadie más que él. Tenía derecho a esperar lealtad absoluta de su esposa. A lo mejor necesitaría ir a visitarla a las montañas de vez en cuando para reforzar el compromiso. También podrían compartir cama en esas ocasiones.

Pero ella no podía vivir en el palacio del sultán. Era demasiado americana, demasiado inapropiada para ser su esposa. Tendría que esconderla si quería obtener el apoyo político de los hombres de Jazaar.

Le apartó un mechón de pelo de la cara. Era sorprendente que alguien pudiera tener ese aspecto tan dulce tras haber sufrido tanto. De repente frunció el ceño y se acurrucó aún más.

Se sintió tentado de acariciarla, seducirla, hacerle el amor de nuevo... La expectación empezó a carcomerle por dentro. La deseaba otra vez. Se estaba volviendo insaciable. A lo largo de la noche, la había buscado varias veces. No era capaz de recordar la última vez que se había sentido así por una mujer. No quería ahondar en esa necesidad imperiosa, no obstante. Estaba seguro de que ese frenesí desaparecería en cuanto terminara la luna de miel.

De repente le sonó el teléfono móvil. Vaciló un momento; quería ignorar sus obligaciones un rato más... Pero el aparato siguió sonando. Se levantó de la cama con cuidado y caminó desnudo hacia la sala de estar.

Agarró el teléfono y contestó con un sonido a medio camino entre un gruñido y un saludo.

–Iré yo mismo a Singapur y me ocuparé de ello. Prepara todo para salir esta noche.

Terminó la llamada. No quería salir de Jazaar. Fue hacia la ventana. Contempló el desierto. Se sentía como si estuviera muy lejos de su amada tierra, aunque estuviera en casa.

–¿Vas a algún sitio?

Nadir se dio la vuelta al oír la voz de Zoe, todavía adormilada. La vio inclinarse contra la puerta del dormitorio. Sus rizos, alborotados, le caían sobre la cara, escondiendo la mayor parte del su rostro. Sujetaba una sábana arrugada contra su cuerpo.

–Estoy a cargo de un acuerdo de negocios que es muy importante para el futuro de Jazaar –le dijo, mirándola de arriba abajo. La sábana apenas escondía sus deliciosas curvas–. Las negociaciones están estancadas. Tengo que ir a Singapur.

–¿Y qué pasa conmigo?

Él la miró a los ojos.

–¿Qué pasa contigo?

–¿Adónde voy a ir? No puedes dejarme –le dijo, apartándose el pelo de la cara–. No quedará bien que terminemos la luna de miel de una forma tan abrupta.

–La luna de miel no ha terminado –fue hacia ella–. Te vienes conmigo a Singapur.

–¿En serio?

–Claro –apoyó el brazo contra el marco de la puerta y la miró–. ¿Por qué me lo preguntas?

Ella se mordió el labio.

–Me dijiste que no te llevarías a tu esposa en viajes de negocios.

Era cierto, pero también le convenía mucho llevarse a Zoe con él. Mientras investigaba a su familia había averiguado que había intentando huir en repetidas ocasiones. ¿Y si huía hacia un sitio en concreto? O hacia alguien...

–No es solo un viaje de negocios. Nos vamos a otro sitio de luna de miel.

Por mucho que tratara de esconderlo, Nadir vio la emoción que crecía en su interior.

–Así puedo vigilarte mejor –le dijo, sujetándole un mechón de pelo detrás de la oreja.

El entusiasmo que brillaba en los ojos de Zoe se apagó.

–No necesito una niñera.

–Yo seré quien decida eso.

Deslizó una mano a lo largo de su cuello. Apoyó las yemas de los dedos sobre el punto donde más se le sentía el pulso.

–Algo me dice que echarás a correr en cuanto me dé la vuelta.

Zoe bajó la mirada.

–Estás paranoico. De todos modos, no tengo pasaporte –añadió. Su corazón se había acelerado–. Ni siquiera tengo equipaje.

–Eso no son más que detalles –le acarició el hueso del hombro.

–Pero nos vamos esta noche –señaló ella.

–De eso se ocupa una de mis secretarias.

–Pero...

Él agarró el borde de la sábana que la envolvía y tiró

con fuerza. La pieza de seda blanca cayó al suelo. Zoe quedó totalmente desnuda.

–Tenemos varias cosas que hacer antes de irnos –le dijo él, mirándola de arriba abajo–. Volver a la cama encabeza esa lista.

La agarró de la cintura y la alzó en el aire. Zoe no opuso resistencia. Enroscó las piernas alrededor de su cintura, le sujetó la cabeza con ambas manos y lo besó.

El coche negro se detuvo a unos metros del jet privado. Zoe cerró los ojos y trató de mantener la calma. Tenía que parecer tranquila. No quería levantar sospechas. No tenía sentido estropearlo todo cuando estaba tan cerca de poder escapar.

Abrió los ojos y agarró la mano de Nadir para bajar del vehículo. Se movía con precisión, aunque tuviera las extremidades agarrotadas de tanta tensión. Se paró un momento sobre la pista del aeropuerto de Omaira y miró a su alrededor.

No podía creer que estuviera tan cerca de salir de Jazaar. Para siempre. Había llegado a pensar que ese momento no llegaría jamás. Por fin, después de tantos años, iba a abandonar el lugar donde tanto había sufrido. Y lo iba a hacer con mucho estilo, caminando sobre una alfombra roja que habían desplegado para ellos sobre el asfalto.

Debía sentirse aliviada, feliz. Soltó el aliento lentamente y echó a andar sobre la alfombra. No sabía muy bien qué sentía exactamente. ¿Emoción? ¿Miedo? ¿Aturdimiento?

El viento del desierto le alborotaba el cabello y el vestido de diseño. Los tacones altos parecían sacados de otro mundo. Atrás habían quedado esas sandalias de pordiosera. Estaba a punto de quitarse esa piel de mendiga, a punto de perseguir sus sueños.

Se agarró del pasamanos y avanzó hacia la puerta del avión. Dos pasos más... Saludó a la azafata con una sonrisa cortés y, justo antes de cruzar el umbral, se detuvo en seco. Notó una rara sensación, una necesidad imperiosa de darse la vuelta y dedicarle una última mirada al baldío desierto de Jazaar. Miró en la dirección del pueblo donde solía vivir. Estaba a muchos kilómetros de distancia, y no podía verlo, pero sabía con certeza que siempre sería parte de ella.

—Es precioso, ¿verdad? —le preguntó Nadir, que estaba a su lado.

Ella levantó la vista y le vio contemplando las mayestáticas dunas.

—He estado por todo el mundo y no hay nada que se le parezca.

Zoe apretó los labios. No era momento para discutir. Sin embargo, no pudo evitar preguntarse cómo era posible que hubiera llegado a sentir lo mismo que él en ese momento. ¿Cómo era posible que pudiera tener algo en común con él?

Se volvió bruscamente y entró en el avión. Se paró un instante y contempló el lujoso interior del jet. Había varios hombres vestidos de traje, tecleando sin parar en sus portátiles y hablando en voz baja por sus teléfonos móviles.

—Varias personas de mi equipo están trabajando en las negociaciones —le dijo Nadir después de saludar a la azafata—. Ya te presentaré cuando despeguemos.

Zoe asintió con la cabeza y fue a sentarse en una silla que estaba en el fondo del habitáculo. A lo mejor se había convertido en una costumbre buscar el rincón más alejado y tranquilo, pero tampoco quería estorbar. Se abrochó el cinturón y sacó su libro electrónico del bolso.

Mientras encendía el aparato, no pudo evitar mirar

por la ventanilla. El sol ya empezaba a ponerse. El cielo parecía una acuarela de colores intensos.

Nadir se sentó a su lado.

–¿Por qué te has sentado aquí atrás?

–No quería interrumpir el trabajo –sintió que el avión empezaba a moverse y miró a Nadir.

Él se estaba abrochando el cinturón.

–Tengo mi libro electrónico, así que no me voy a aburrir.

El avión ganó velocidad. El momento había llegado por fin. Estaba dejando Jazaar para siempre. Su corazón empezó a latir con locura. Agarró el broche del cinturón con fuerza, hasta que se le quedaron blancos los nudillos.

–¿No te gusta volar? –Nadir la tomó de la mano.

Zoe sentía que aquello era demasiado bueno para ser cierto. A medida que el avión ascendía, cerró los ojos. Las emociones se agolpaban en su garganta. Por fin era libre. Se aferró a la mano de Nadir. Era libre.

Trató de mantener la compostura. No quería que él viera lo importante que era para ella ese viaje. Abrió los ojos lentamente y miró por la ventana. La tensión que le oprimía el pecho se disipó. Soltó el aliento entrecortadamente. El sol bañaba las dunas con su resplandor.

–No haces más que mirar atrás –le dijo Nadir–. ¿Siempre te pones tan nostálgica?

–Yo no siento el mismo apego hacia Jazaar que tú –le dijo ella, retirando la mano–. Si yo fuera un jeque poderoso a lo mejor sentiría nostalgia por el lugar donde soy un ser supremo.

–A lo mejor cambias de opinión ahora que eres jequesa.

Zoe no lo creía posible. Una jaula siempre era una jaula, aunque estuviera hecha de oro.

–Creo que tendría que viajar mucho para poder empezar a echarlo de menos.

–Tendrás que sacarle el máximo partido a este viaje –dijo Nadir, apoyando la cabeza en el asiento–. Después de la luna de miel, tengo pensado reducir drásticamente el número de viajes que hago.

El corazón de Zoe dio un vuelco.

–¿En serio? ¿Por qué?

–Los proyectos que tengo para el futuro de Jazaar requieren todo mi tiempo y atención. Necesito estar aquí.

Zoe volvió a mirar hacia el desierto. Si aquello era cierto, entonces esa sería su última oportunidad para escapar.

–¿Te sorprende mi decisión? No entiendo por qué. Mi mayor obligación es para con mi país.

–Eh... –trató de mantener una expresión impasible y lo miró a los ojos–. No me pareces precisamente hogareño.

–¿En serio? ¿Qué clase de hombre te parece que soy? –le preguntó en un tono casi burlón.

Zoe hizo una mueca. Se había metido ella sola en esa trampa.

Él sonrió y el corazón le dio un vuelco. No era capaz de apartar la vista.

–Tienes unos ojos muy expresivos.

Zoe sintió que le ardía la cara. Quería cerrar los ojos y apretarlos mucho, pero no se atrevió.

–No tienes ni idea de lo que estoy pensando.

Él sonrió con complicidad.

–Si estuviéramos solos, te concedería el deseo y te seduciría ahora mismo –le dijo.

Tenía que romper las telarañas del hechizo que la envolvía. Miró a su alrededor. Había un empleado muy cerca.

–Me parece que te necesitan allí delante –le dijo y bajó la vista hacia el libro electrónico.

–Me parece que me necesitan aquí mismo –le frotó la muñeca con el pulgar.

Ella sabía que podía sentir su errático pulso.

–La expectación mejora la experiencia. ¿No lo sabías?

–Pero a ti no te puede mejorar –le dijo él, trazando círculos por la cara interna de su muñeca–. En todo caso te hace más apetecible, más irresistible...

Ella volvió la cabeza rápidamente y lo miró de frente.

–Si no sabes qué hacer con una mujer tan fuerte en la cama...

–Oh, sí que sé exactamente qué hacer –le levantó la mano y le rozó los nudillos con los labios–. Y te lo enseñaré en cuanto estemos solos en el hotel –le soltó la mano y se alejó–. Pero ahora tengo que ocuparme de unos negocios –se desabrochó el cinturón–. Piensa en todas esas posibilidades mientras estoy fuera.

Esa energía pulsante se desvaneció en cuanto él se marchó. Zoe se relajó en el asiento. Se frotó la cara. No podía evitarlo. A partir de ese momento pasaría el resto del viaje imaginando qué podrían hacer al llegar al hotel.

¿Qué estaba haciendo? ¿Estaba jugando con él? Salir de Jazaar tampoco significaba tentar a la suerte. Nadir era un hombre poderoso, un gobernante fiero y temible... Y también un amante audaz y apasionado... La noche anterior le había hecho el amor una y otra vez...

«Oh, Dios mío», pensó de repente.

Se agarró de los reposabrazos y se inclinó adelante. No habían usado protección ni una sola vez.

¿Por qué no lo había pensado antes? Empezó a calcular fechas. Las repasó mentalmente una y otra vez. No era el momento adecuado para quedarse embarazada, pero aun así era un riesgo.

Volvió a mirar por la ventana. La mano del miedo

sobre su hombro parecía más pesada que nunca. Contempló el desierto por última vez y entonces el avión se adentró en las nubes. Se tapó la boca; el estómago acababa de darle un vuelco.

Solo una cosa podía retenerla en Jazaar...

Capítulo 9

MIENTRAS subía en el ascensor con Nadir, Zoe se dio cuenta de que Singapur no era lo que esperaba. Se había imaginado un intenso aroma a flores, un aire espeso y húmedo. Pensaba que se encontraría con un ambiente vibrante y joven, una explosión de color.

Las puertas del ascensor se abrieron lentamente en la entrada a una suite del ático. Las paredes estaban cubiertas de un enrejado de madera oscura y un amplio ventanal ofrecía una espectacular vista del horizonte de la ciudad. En el medio de la habitación había una enorme mesa redonda adornada con un arreglo floral compuesto de orquídeas rojas.

Un relámpago desgarró el oscuro cielo nocturno e iluminó la virulenta tormenta que la había recibido nada más poner un pie fuera del avión. Un trueno ensordecedor rugió sobre sus cabezas. Zoe se encogió. Nadir la agarró de la espalda y la hizo salir del ascensor.

Fueron recibidos por un mayordomo, un señor mayor uniformado. El hombre les hizo una reverencia y los guio hacia el opulento salón.

¿Un mayordomo? Zoe se mordió el labio inferior y fue tras él, consciente en todo momento de la mano de Nadir sobre su cadera. No sabía que hubiera un empleado exclusivo para la suite del ático. Así iba a ser mucho más difícil escabullirse cuando se presentara la ocasión.

Otro relámpago cortó el cielo y Zoe se preparó para el trueno. El estruendo inmediato sonó ominoso. Se pegó a Nadir de manera instintiva.

–La tormenta pasará pronto –le dijo él al oído, sujetándola con fuerza–. No suelen durar mucho.

Zoe no estaba tan segura. La tormenta rugía en todo su esplendor y la lluvia azotaba las ventanas, pero no estaba dispuesta a ponerse a temblar y a esconderse en un rincón. Había aprendido a no mostrarse vulnerable delante de nadie y no iba a empezar en ese momento. Sentía vergüenza de que Nadir hubiera notado ese momento de cobardía.

Cuando el mayordomo les ofreció un té, aceptó agradecida la taza de porcelana y fue a sentarse en un elegante sofá negro. Las manos no le temblaban, por suerte.

No sabía muy bien qué le pasaba. Tenía que cortar ese estado de ánimo de raíz. En Texas solía haber muchas tormentas, pero ya hacía mucho tiempo desde la última vez que había visto una.

Lo único que podía esperar, por tanto, era no haber perdido sus nervios de acero junto con todo lo demás. Los necesitaba más que nunca para su plan de huida.

Cuando se fue el empleado, volvió a relampaguear. La habitación quedó sumida en un extraño resplandor. Zoe puso su taza sobre una mesa baja antes de que volviera a tronar.

Estaba a solas con Nadir. No podía evitar mirarlo con disimulo. Él también la observaba con ojos intensos. El deseo crudo que veía en su mirada la hacía estremecerse de expectación.

Zoe se mordió el labio y apartó la vista. Tendría que mantenerle a raya. No podía arriesgarse a quedarse embarazada, no cuando estaba tan cerca de su objetivo.

Sin embargo, tampoco quería evitarle. Quería disfrutar de su compañía, de su atención. Aquello era una señal inequívoca. Tenía que seguir adelante antes de involucrarse demasiado.

–Me esperan en la oficina.

–Ya me entretendré con algo –le dijo Zoe, levantándose del asiento.

Quería que se fuera, pero al mismo tiempo quería que se quedara.

–No hay necesidad –miró su reloj de pulsera–. Tu acompañante estará aquí dentro de unos minutos para revisar tu itinerario.

–¿Mi acompañante? Espera un momento. ¿Has dicho que tengo un itinerario?

–Sí –Nadir puso su bebida sobre la mesa–. Rehana te llevará de compras, al spa, a ver la ciudad.

La asistente no era más que una niñera. Y eso no haría sino arruinar todos sus planes. Tenía que buscar una manera para librarse de ella lo antes posible, y sin que Nadir sospechara nada.

Se acercó a él lentamente.

–Te lo agradezco mucho, pero...

–Y tu profesor de árabe vendrá esta tarde.

Zoe se detuvo de golpe.

–¿Me has buscado un profesor de árabe?

–Ya te dije que lo haría. ¿Por qué te sorprende tanto?

–Yo...

Se había preparado para llevarse una decepción. Había dado por hecho que él no se acordaría de su promesa.

–La mayoría de los hombres de mi familia no están a favor de educar a las mujeres.

Nadir arqueó las cejas.

–¿Y tú pensaste que yo compartía el mismo punto de vista con tu tío?

–¡No! Claro que no –no era eso lo que quería decir, pero Nadir era muy suspicaz–. Lo del profesor es una grata sorpresa. Gracias.

Le dio un beso en la mejilla. Sintió cómo se contraía un músculo en su mandíbula.

–Debería irme –le dijo, mirándole la boca. Tragó en seco–. Si necesitas algo, díselo al mayordomo. Se quedará aquí.

–Nadir, te agradezco todo lo que has hecho por mí, pero no es necesario. Me gustaría descubrir la ciudad por mí misma, hacer un poco de turismo.

Nadir arrugó los párpados.

–No vas a salir sola.

Zoe cruzó las manos y trató de controlar su temperamento. ¿Por qué tenía que decirlo de esa manera?

–Aquí se habla inglés. Puedo arreglármelas.

Nadir sacudió la cabeza.

–Tu guía y tu conductor estarán contigo en todo momento.

Zoe apretó las manos. ¿Cómo iba a buscar la embajada o a colarse en un avión si había tanta gente vigilándola?

Le rozó la mejilla con la palma de la mano. Le encantaba ver cómo se le oscurccían las pupilas. Era la última vez que podría tocarlo. Una vez saliera de la suite, desaparecería de su vida para siempre.

–No tienes que sentirte culpable por dejarme sola en nuestra luna de miel –le dijo en un tono serio–. Sé cuidar de mí misma. Estoy acostumbrada.

–Y tu familia también estaba acostumbrada a los problemas que les causabas cuando te dejaban sola –murmuró Nadir. Volvió la cabeza y le dio un beso en la palma de la mano.

Otro relámpago atravesó el firmamento. Zoe contuvo el aliento. El haz de luz rebotó sobre el rostro de Nadir, iluminando sus rasgos de una forma casi sobrenatural. Le sostuvo la mirada. La tensión, casi eléctrica, chisporroteaba entre ellos.

Nadir agarró su teléfono móvil y apretó un botón.

–¿Rehana? Cambio de planes. No te necesitaremos hoy –le dijo, dándole un beso en la cara interior de la muñeca–. Por favor, diles que no llegaré a la oficina hasta dentro de dos horas.

–¿No vas a la oficina? –le preguntó Zoe al verle apagar el teléfono–. Pensaba que te necesitaban para las negociaciones. Esa era la razón principal por la que hemos venido.

Él puso el teléfono sobre la mesa.

–Voy a delegar porque tengo cosas más importantes que hacer.

Ella frunció el ceño.

–¿Como qué?

Él esbozó una media sonrisa.

–Como pasar la mañana con mi esposa.

Zoe parpadeó lentamente. Eso era lo último que esperaba oírle decir. Él también quería estar con ella.

Un sentimiento placentero y cálido la recorrió por dentro.

–No tienes por qué.

–Pero quiero hacerlo. Y tú también quieres que me quede.

Si hubiera sabido que lo que realmente quería era quedarse sola...

–Yo no he dicho eso.

–No hace falta que lo digas –deslizó la mano sobre la de ella y entrelazó sus dedos.

Y en ese momento Zoe sintió que sí quería pasar tiempo con él, quería hacer la vida de unos recién casados, aunque todo fuera una farsa. Era un matrimonio de conveniencia, no era una unión por amor.

–¿Y si te pido que canceles ese itinerario?

–Lo haré, para mañana –le dijo, dándole un beso en la sien–. Pero sí que tienes que conocer a tu profesor.

Zoe hizo una mueca.

—Se supone que es mi luna de miel, no una estancia en un reformatorio. Me llevó siglos aprender árabe.

—Pero tienes que aprender a leerlo —le dio otro beso en la mejilla—. ¿Cómo si no vas a leerles cuentos a nuestros hijos?

—¿Hijos? —el corazón le dio un vuelco.

—Sí. Hijos —dijo él tranquilamente, aunque parecía tan sorprendido como ella por su comentario—. Espero tener más de uno.

—Nunca hemos hablado de eso.

—¿Y de qué hay que hablar?

—Hay que hablar de muchas cosas —Zoe cerró los ojos. La cabeza le daba vueltas.

Él le mordió el lóbulo de la oreja con sutileza. Ella se estremeció. Quería olvidarse de todo y sucumbir al placer, pero no podía hacerlo. Y tampoco podía decirle que solo querría tener un hijo con el hombre que la amara de verdad.

—Necesito un heredero. Ya hay una pequeña crisis de natalidad en Jazaar. Se espera que tengamos un hijo varón de aquí a nueve meses.

—Jazaar puede esperar.

—¿Pero puedo esperar yo? Me gusta la idea de tener un hijo contigo.

—¿Quieres que tenga a tu hijo? ¿Yo?

—Eres la jequesa. Mi única esposa. ¿Quién más podría darme un heredero legítimo?

—Nadir, no estoy lista para tener hijos.

Él guardó silencio un momento y levantó la cabeza lentamente.

—¿Qué me estás diciendo?

—Creo que deberíamos usar protección —le dijo ella con prudencia, sin atreverse a mirarlo a los ojos—. Yo me ocuparé de todo. De hecho, puedo ver al médico hoy mismo.

Se hizo un silencio. Nadir retrocedió un paso.

—¿No quieres tener a mi hijo?

—Yo... Yo no he dicho eso. Solo digo que...

—Que no quieres tener un hijo conmigo ahora, ¿no?

Zoe se dio cuenta de que no estaba haciendo más que empeorar las cosas. Sabía que tenía que explicarle algo, pero tenía miedo de revelarle sus sueños.

—A lo mejor no lo sabes, pero yo tengo metas en la vida –le dijo, mirando al suelo.

—¿Qué metas tienes?

Se atrevió a mirarlo. Parecía realmente interesado... Casi parecía contento de ver que había decidido contarle algo de su vida.

—Quiero terminar mis estudios –le dijo, lamiéndose el labio inferior.

—Y yo quiero que los termines –le dijo él, encogiéndose de hombros–. Eso no supone un problema. Tu profesor de árabe es solo el comienzo.

—Quiero algo más que una educación básica –le explicó. Las palabras le salían de forma atropellada–. Quiero ser médico.

—¿Médico?

—Francamente, no sé si tengo lo que hace falta para ser médico –le dijo, gesticulando con las manos–. Pero quiero seguir con el trabajo de mis padres.

Nadir sintió una punzada en su interior. Jamás habría pensado que tuviera tantas aspiraciones y planes para el futuro; planes que interferían con su posición y rol social.

—No.

Su voz sonó suave, pero para Zoe fue como un latigazo.

—¿Me acabas de decir que no? –le preguntó, agitando las manos en el aire.

–Tener una carrera fuera del palacio no es nada práctico. Por mucho que quiera modernizar Jazaar, ellos no entenderían el concepto de una jequesa que trabaja.

–Ya se acostumbrarán.

Nadir sacudió la cabeza.

–Mis detractores ya creen que yo soy demasiado occidental. Tener una esposa americana con ambiciones profesionales les daría demasiada munición en mi contra.

Zoe bajó los brazos.

–Ya veo. Necesitas demostrar que has domado a tu novia americana.

Él no lo hubiera dicho de esa manera, pero era la verdad.

–Necesito una jequesa que honre y respete la tradición, una mujer que simbolice todos los valores de Jazaar.

–Belleza, refinamiento y obediencia –escupió las palabras con desprecio–. ¿Se te ha ocurrido pensar que convertirme en médico podría reforzar mi papel como jequesa?

–No. El rol de la jequesa es apoyar a su marido. Ninguna otra cosa puede ser prioritaria ante eso.

Nadir vio la rabia y la impotencia en la mirada de Zoe. Era evidente que estaba decidida a luchar por sus sueños, aunque ello significara tener que llevarle la contraria. Estaba claro que le veía como al enemigo.

Reprimió un suspiro. Nunca sería capaz de ver que él solo intentaba protegerla. Los altos poderes de palacio le pondrían todos los obstáculos del mundo, y no se detendrían ahí. Eran bastante retrógrados en lo que a las mujeres se refería y harían todo lo que hiciera falta para ahogar a un espíritu libre y doblegarlo.

Ella nunca se hubiera casado con él de haber podido elegir. No cumplía con ninguno de los requisitos para ser la esposa de un jeque. No solo había renunciado al amor de un hombre para casarse con él, sino que también había dejado de lado sus aspiraciones. La lucha iba a ser ardua.

Nadir cruzó los brazos.

—Zoe, hay algunas cosas que no puedes hacer porque eres la jequesa. Las medidas de seguridad serían muy difíciles de poner en marcha. Y los deberes y obligaciones de un médico entrarían en conflicto con las reglas de conducta por las que se rige una mujer de la realeza. Una carrera es incompatible con tu posición. Puedes ser mecenas, mentora, presidir una organización benéfica, pero no puedes ejercer como médico.

Zoe arrugó los párpados y apretó los labios.

—Cuidar de las mujeres de mi tribu fue lo único que me dio fuerzas para seguir adelante y soportar el sufrimiento.

—Y ahora tienes una nueva tribu y una nueva posición.

Ella cerró los ojos y soltó el aliento.

—Esto no es justo. Yo nunca quise ser princesa o jequesa. Siempre he querido ser médico.

—Ya has hecho una elección, Zoe.

—Yo no he hecho ninguna elección. Alguien hizo la elección por mí.

—No voy a cambiar de idea —le advirtió él—. La conversación ha terminado.

Zoe apretó los puños y sacó la barbilla. No iba a dejarle ver la profunda decepción que se había llevado. Esa era su única protección.

—Muy bien —le espetó.

No podía mirarlo. Sabía que sus ojos estaban llenos de rabia.

—Pero sí voy a ir a ver a un médico —dio media vuelta y se dirigió hacia la puerta.

–¿No quieres tener un hijo mío?

–A lo mejor quiero que la luna de miel dure un poco más –le dijo en un tono sarcástico por encima del hombro.

–Si eso es lo que quieres... No trataremos de tener hijos hasta que haya pasado nuestro primer aniversario de boda.

Zoe se dio la vuelta bruscamente. Era toda una sorpresa que hubiera accedido tan fácilmente. ¿Qué se traía entre manos? Escudriñó su expresión. Parecía sincero.

–¿Lo dices en serio?

Nadir se le acercó lentamente.

–Pero a lo mejor ya estás embarazada.

Zoe sacudió la cabeza.

–No es el momento adecuado del mes, pero haré que el médico me examine.

–Muy bien –la agarró del codo–. Y decía en serio lo de la organización benéfica. Podrías hacer muchas cosas sin necesidad de ser médico.

Zoe le miró la mano y asintió con un gesto serio. No se creía capaz de articular palabra. Él pensaba que estaba siendo magnánimo. No sabía que lo único que hacía era cambiarle la jaula pequeña por una más grande. Nunca obtendría el apoyo que necesitaba de él. No importaba si se moría por sentir sus caricias una vez más. Tenía que dejarle... o lo perdería todo de nuevo.

Capítulo 10

A LA TARDE siguiente, la educada sonrisa de Zoe estuvo a punto de borrársele de la cara mientras se despedía de su asistente. Entró en la suite del ático. En cuanto oyó cómo se cerraban las puertas del ascensor, dejó caer los hombros, aliviada.

–Esa mujer me va a volver loca –masculló entre dientes.

Oyó unos pasos que se acercaban. Era el mayordomo.

–Su Alteza... –le hizo una reverencia y le quitó las bolsas de las manos–. El jeque está en el salón.

Eso la sorprendió mucho. Miró el reloj. Todavía tenía mucho tiempo para prepararse para la gala benéfica a la que iban a asistir. ¿Por qué estaba allí Nadir?

Entró en el salón con la cabeza bien alta. Él estaba tumbado en el sofá. Se había quitado la chaqueta y tenía la corbata torcida. Había una botella de whisky sobre la alfombra. Tenía los ojos cerrados.

«Este es el momento que has estado buscando. Nunca volverás a verle así. Ahora. Desaparece».

A punto de dar media vuelta, miró su rostro. Parecía exhausto, pálido.

Zoe apretó los labios. Se dejó comer por la duda. ¿Debía irse o quedarse?

–¿Quieres algo? –dijo él de repente. No se había movido nada y tenía los ojos cerrados.

Zoe bajó la cabeza. Debería haber sabido que él era consciente de su presencia desde el momento en que había entrado.

—¿Te sientes bien? —le preguntó, caminando hacia el sofá. Le tomó la temperatura de la frente. Su piel estaba fría al tacto.

Él le agarró la muñeca sin abrir los ojos. De repente Zoe se dio cuenta de que era la primera vez que le tocaba fuera de la cama.

—Estoy bien. Estoy pensando en mi próximo movimiento en las negociaciones.

—Si tú lo dices... Pero en Texas a esto lo llamamos «siesta» —tiró de su mano, pero él no la soltó—. Me voy a preparar para la gala.

—Estoy en una encrucijada. No consigo que acepten mis términos. ¿Y sabes por qué?

Ella miró a su alrededor. ¿Estaba hablando con ella?

—Eh... No —le dijo, buscando algún síntoma de delirio y locura.

—Creen que tengo las mismas creencias anticuadas que el sultán. Nadie está dispuesto a invertir en Jazaar porque creen que no va a cambiar nada cuando yo gobierne —sus ojos se abrieron de repente. La miró—. ¿Crees que soy un hombre moderno?

—No.

—¿No?

Zoe volvió a tirar, pero no pudo soltarse.

—Creo que tienes la mente más abierta que la mayoría de los hombres en Jazaar, pero... Comparado con los hombres de otros países, no eres nada moderno.

Él la miró fijamente. Se hizo el silencio. Poco a poco, estiró los dedos que la sujetaban.

—Gracias por tu sinceridad —le dijo con frialdad.

Ella apartó la mano.

—No quería insultarte.

—Y no lo has hecho —se incorporó y apoyó los codos sobre las rodillas.

–¿Con qué empresa estás negociando? ¿Cómo son de modernos?

–Es una empresa de telecomunicaciones. Mi objetivo es que todo el mundo tenga acceso a esa tecnología.

–¿En serio? Bueno, ¿y cuál es el problema?

–La empresa es de una viuda muy concienciada con el tema social –le dijo él, mesándose el cabello.

–Ah. ¿Y estás negociando directamente con la viuda?

–No –dijo él–. Pero ella está muy implicada en las negociaciones.

–¿Va a estar en la gala benéfica?

–Sí. Su empresa lo patrocina –le dijo él, mirándola con ojos de sospecha.

Zoe empezó a frotarse las manos.

–Entonces ya es hora de usar tu arma secreta.

–¿Y eso es...?

–Yo.

–¿Tú? –repitió, incrédulo.

–Sí. Yo. Tu esposa americana, completamente moderna –movió los hombros–. Vamos. Sabes muy bien que podría darle con todos esos prejuicios en la cara.

Él gruñó y se tapó la cara con las manos.

–Zoe, no estás lista para representar a Jazaar.

–Bueno, no tengo por qué representar a Jazaar ante la gente de Jazaar. Pero sí puedo representar al nuevo Jazaar ante otros países.

Nadir se echó hacia atrás y la miró fijamente.

–¿Qué te traes entre manos realmente?

Ella frunció el ceño y bajó los brazos.

–Nada.

Él sacudió la cabeza rápidamente.

–¿Por qué quieres ayudarme de repente?

Buena pregunta.

–A lo mejor solo trato de hacer algo bien.

Nadir arqueó las cejas.

—A veces pasa.

—Seguro, pero tú eres impredecible —la señaló con el dedo—. Podrías provocar un incidente diplomático sin intentarlo siquiera.

Ella cruzó los brazos.

—¿Quieres que te ayude o no?

—Muy bien, Zoe. Me gustaría que representaras a Jazaar. Pero si vas demasiado lejos...

—Confía en mí, Nadir —se puso en pie—. Al final de la noche, me vas a ver de una forma totalmente distinta.

La orquesta tocó las últimas notas de una pieza animada. Nadir y Zoe salían de la gala benéfica en ese momento. Él sujetaba la mano de su esposa con firmeza.

La guió hasta la limusina que los esperaba junto a la acera.

—Mañana nos vemos entonces —le dijo al vicepresidente de la empresa de telecomunicaciones.

Apretó la mano de Zoe.

—Estoy seguro de que podremos llegar a un acuerdo que sea beneficioso para las dos partes —le dijo el señor Lee—. Además, a la señora Tan le gustaría invitarlos a usted y a su esposa a su casa al final de la semana para celebrar el acuerdo.

—Será un honor para nosotros —dijo Zoe.

Nadir la ayudó a entrar en la limusina. Se despidió del señor Lee y subió rápidamente. A medida que el coche se alejaba de la acera, fue soltando el aliento.

—Creo que todo ha ido muy bien —dijo ella, apoyando la cabeza sobre el asiento de cuero—. No quería irme.

—¿Por qué? ¿Querías apuntarte otra victoria más?

Ella se rio.

–Ya te dije que era tu arma secreta. No me creíste, ¿verdad? Pero me dejaste hacerlo porque no tenías nada que perder.

–Debería haberte traído un bozal –le dijo con sarcasmo.

Ella volvió a reírse.

–No me habría ido bien con el vestido.

Nadir la miró de arriba abajo. Llevaba un diseño modesto en color lila, pero la delicada tela de la pieza le acariciaba la figura.

Sacudió la cabeza y apartó la vista. No podía distraerse.

–No podías aguantarte, ¿verdad?

–Lo siento –la sonrisa de Zoe se hizo enorme.

–Estoy creando un programa contra la violencia, ¿no? ¿Desde cuándo?

–Bueno, se me ocurrió de repente cuando hablé con la señora Tan –dijo ella y se encogió de hombros–. Sonaba muy bien, así que seguí adelante con ello.

–Fue una mentira muy elaborada. ¿Una línea telefónica de emergencias las veinticuatro horas? ¿Terapia de grupo? ¿Refugios? ¿Se te ocurrió todo eso en el momento?

–Esos eran los servicios que mi madre prestaba como voluntaria en Texas. Podríamos hacer lo mismo en el pueblo. Supongo que podrías decirle a la señora Tan que es muy difícil para ti implantar el programa pasando por encima de la burocracia.

–No lo creo.

–¿Y qué vas a hacer?

–Pues voy a hacerlo.

Los ojos de Zoe se iluminaron.

–Será tu proyecto.

–¿Mi proyecto? –repitió ella, asombrada.

–Es tu mentira –le recordó él, sosteniéndole la

mano–. De todos modos, ya sabes lo que necesita el programa.

–No sé si es una buena idea. A lo mejor lo estropeo todo.

–No lo creo.

Zoe miró por la ventanilla. Nadir la observó unos instantes. ¿Qué iba a hacer con ella? ¿Realmente quería esconderla en las montañas?

Ya lo pensaría más adelante.

Las luces parpadeaban en sincronía con la música. Zoe sentía la vibración bajo los pies. La gente que estaba a su alrededor movía las caderas con sensualidad. Enroscó los brazos alrededor del cuello de Nadir y se acercó aún más.

Una sensación de alegría la inundó por dentro. La semana que había pasado en Singapur había sido la más feliz que había pasado en mucho tiempo. Había aprendido árabe con su profesor, había vuelto a vestirse como una chica joven, moderna, había conocido a gente interesante, explorado lugares maravillosos... Pero, sobre todo, había estado con Nadir. Él había hecho todo lo posible por estar a su lado. Cientos de recuerdos se agolpaban en su memoria como instantáneas felices... El beso que se habían dado durante el viaje en teleférico a Sentosa Island, paseos de noche...

Ya llegaba la hora de irse, no obstante. Los negocios de Nadir ya estaban encauzados y su plan de escapada estaba listo. Se estremeció al pensar en esa maniobra tan delicada. Tenía que irse si no quería verse arrastrada de vuelta a Jazaar.

–Gracias por traerme a esta discoteca. Nunca había estado en una.

–Tus deseos son órdenes para mí –le susurró él al oído.

–Qué pena que tengamos que irnos de Singapur. Lo he pasado tan bien.

Nadir levantó la cabeza y la miró a los ojos.

–No añorarás Jazaar, ¿no?

–No. En absoluto.

–Entonces vendrás conmigo a Atenas.

–¿Atenas? –un entusiasmo prudente bulló en su interior–. ¿En serio?

–Tengo que ocuparme de unos asuntos allí –deslizó las manos sobre su espalda y las apoyó en su cadera–. No sé cuánto tiempo me va a llevar.

–Me encantaría ir –dijo ella–. ¿Sabías que Grecia es la cuna de la medicina moderna?

–Zoe...

Aquella advertencia sutil se le clavó como un alfiler puntiagudo. Retrocedió hasta no tocarle apenas.

–Lo siento. ¿Cuándo nos vamos?

Nadir tiró de ella y la atrajo hacia sí. Zoe pudo sentir los latidos de su corazón.

–Mañana... Volvamos al hotel –le dijo de repente, agarrándola de la mano y llevándosela de la pista de baile.

Ella se quedó mirando sus manos unidas mientras caminaba hacia la puerta. Se fijó en el tatuaje de henna. Le recordaba a las jóvenes novias de la tribu. Pero esas jóvenes nunca iban de viaje de luna de miel.

Supo que la decisión estaba tomada cuando reparó en el diseño floral que le cubría la base del pulgar. En una semana o dos la luna de miel habría acabado. Cuando el tatuaje desapareciera, se alejaría de Nadir para siempre y empezaría una nueva vida.

Capítulo 11

S EGURO que quieres saberlo? –preguntó Zoe, vacilante.
La expresión de curiosidad de Nadir no cambió.

–Te lo he preguntado, ¿no?

Zoe se preguntó por qué habría elegido ese momento para preguntarle. Estaban en la cama, desnudos, agotados después de hacer el amor.

Llevaban toda la semana viajando por Europa, comportándose como recién casados. Nunca antes se había sentido tan cerca de alguien como se sentía de él. En algún momento durante ese viaje que había empezado en Jazaar y terminado en Londres, había empezado a confiar en él.

–No tienes por qué contármelo –dijo él y miró al techo.

–Lo siento. Trataba de decidir qué error era el peor. Tengo tantos entre los que elegir... Mi peor error... Mi peor crror probablemente fue Musad Ali. Era el hijo de un vecino.

Nadir no dijo nada. El silencio se hizo incómodo.

–No fue una buena idea acercarme a Musad. No era un hombre en quien se pudiera confiar.

–¿Y cuánto duró?

Zoe parpadeó y lo miró a los ojos. No había prejuicios ni rabia en su expresión.

–Hace unos seis meses. Prometió casarse conmigo antes de irse a la universidad en Chicago. Pero en realidad tenía pensado dejarme atrás desde el principio.

–Si tu tío hubiera descubierto lo vuestro...

–Fue una estupidez. Algo temerario.

Él le acarició el brazo.

–Estabas enamorada.

–Estaba atrapada en la casa de mi tío, aterrorizada. Cuando estaba con Musad podía olvidarme de todo durante un tiempo. Él me prometió que me alejaría de todo eso. Y yo estaba tan desesperada que no me di cuenta de que solo era una argucia para llevarme a la cama.

–¿Y cómo lo averiguó tu prima?

–No lo sé. Me pregunto si nos vio juntos. Al final, Musad se estaba arriesgando mucho. Y yo también. Quería rebelarme.

Nadir frunció el ceño.

–Te expuso a un peligro.

–No creo que esa fuera su intención. Musad era un tipo egoísta y me utilizó, pero él también habría sido castigado si nos hubieran descubierto.

–Pero a ti te hubieran castigado más –señaló Nadir, entrecerrando los ojos–. Y tenías que salir de la casa de tu tío antes de que pudiera averiguar algo. El matrimonio era la única salida.

–Sí.

–Incluso estabas dispuesta a casarte con La Bestia.

Zoe hizo una mueca.

–Odio ese apodo. No eres una bestia.

–¿Estás segura?

–Bueno, ahora te toca. ¿Cuál fue tu mayor error?

Nadir guardó silencio un momento.

–Yusra. Ella fue mi peor error.

–¿Por qué?

–Debería haberme controlado más.

Nadir se puso encima de ella. Pudo sentir su erección sobre la piel.

–Nunca volveré a dejarme llevar por las emociones.

La agarró de las muñecas y le sujetó los brazos por encima de la cabeza. Le dio un beso. Zoe sintió que el corazón se le salía del pecho.

Cuando él interrumpió el beso, ella lo miró a los ojos. No dijo nada. Solo quería romper el momento. Fuera lo que fuera lo que hubiera pasado la noche de bodas con Yusra, no quería contárselo. Era algo oscuro, sórdido quizás... Empezó a besarla por todo el cuerpo, lamiendo y mordiendo. El sonido de sus jadeos y gemidos retumbaban en la habitación. Le clavó los dedos en los hombros al sentir su boca sobre los pechos. Retorció las sábanas cuando sintió su lengua en el ombligo.

Movió las caderas al tiempo que él se metía entre sus piernas. Una lluvia de fuegos artificiales la recorrió por dentro de la piel mientras él le daba placer. Enredó los dedos en su pelo.

Un placer intenso aún la sacudía cuando él la hizo rodearle la cintura con las piernas. Entró en ella de una vez y sus embestidas se hicieron cada vez más frenéticas y arrítmicas. Zoe se aferró a él y se dejó llevar por otro clímax extraordinario.

Un momento después oyó su grito desgarrado. Se precipitó sobre ella. Su cuerpo estaba cubierto de sudor. Zoe se había quedado sin fuerzas en las piernas y los brazos, pero le sujetó lo mejor que pudo. No quería dejar escapar ese instante.

Él rodó sobre sí mismo y se acostó boca arriba. Ella se acurrucó contra él y se estremeció.

—Hace frío.

Nadir dejó escapar una carcajada. La atrajo contra su duro pecho.

—No mucho. Londres en septiembre es la gloria. Es que te has acostumbrado al desierto.

—Probablemente tengas razón.

—Admítelo. Echas de menos Jazaar.

–Echo de menos algunas cosas. Como el calor.

Nadir cerró los ojos lentamente.

–Entonces te alegrará saber que mañana estaremos en algún sitio cálido a esta misma hora del día.

Zoe se sorprendió. Se puso alerta.

–¿Adónde vamos?

–A México.

Zoe abrió mucho los ojos.

–¿México? –repitió en un susurro.

México, la frontera, Texas...

–Pero hasta entonces yo puedo darte calor –le dijo. Su voz sonó adormilada.

–Eso suena bien –le dijo ella. Puso la mano contra su mejilla. La fina barba de mediodía le pinchó la yema de los dedos.

De repente se dio cuenta de que el tatuaje de henna casi había desaparecido. Solo quedaban unos pocos arabescos más oscuros... Pero aún quedaba algo. Se echó adelante y le dio un beso a Nadir.

La luna de miel terminaría en México.

Capítulo 12

NADIR entró en el vestíbulo del hotel y agradeció aquel oasis de silencio en medio del bullicio de la ciudad. Las reuniones con los empresarios de México estaban resultando ser especialmente difíciles.

Había dejado a Zoe en la cama esa mañana, después de hacerle el amor con locura.

De pronto vio que el gerente del hotel iba hacia él. Frunció el ceño. Quería volver junto a ella cuanto antes. No quería que nadie le detuviera.

Se vio interceptado cerca de los ascensores.

—Su Alteza, espero que su visita haya sido de su agrado —le dijo el hombre, haciéndole una reverencia—. Entiendo que mañana se marcha.

—Sí. Hemos disfrutado mucho de nuestra estancia, señor López.

—Nos agrada mucho que haya escogido nuestro hotel —le dijo, sonriendo—. Y permítame decirle que su esposa es una mujer increíble.

—Sí. Lo es.

—Y muy hermosa —el señor López agitó la mano para enfatizar—. Brillante, curiosa.

Nadir se paró en seco.

—¿Curiosa?

—Sí. Se ha interesado mucho por el congreso de salud pública que estamos teniendo en el hotel estos días. La jequesa ha asistido a algunas ponencias y se ha entrevistado con el invitado de honor.

Nadir sintió que la frustración le corroía por dentro. Quería mantener una expresión imparcial, impasible, pero era difícil.

–¿Ah, sí?

–Tiene muy buenas ideas sobre la salud materna. Los debates llegan a ponerse... intensos.

–Entiendo. La jequesa nunca se da por vencida.

–Espero que ella también haya disfrutado de su estancia –dijo el señor López, haciéndole otra reverencia.

–Seguro que sí –se despidió del gerente y entró en el ascensor.

Un látigo de furia le azotó por dentro. Metió la tarjeta en la ranura con un movimiento brusco y activó el ascensor.

Era hora de irse a casa. Había confiado demasiado en ella, le había dado demasiada libertad.

Cuando entró en la suite ya tenía la ira bajo control. Ella no estaba allí para recibirle, no obstante. El mayordomo fue a su encuentro con una sonrisa. Le preguntó por ella. El hombre le dijo que se había ido a tomar el sol.

Se dirigió hacia la piscina privada que estaba junto al dormitorio.

Al verla le fallaron las piernas. Estaba junto al borde de la piscina, leyendo. Tenía las gafas de sol sobre la cabeza y llevaba un traje de baño color azul que le marcaba todas las curvas.

La observó, en silencio... No era lo que esperaba encontrar en una esposa. No era una mujer de Jazaar. Era sexy, independiente, excitante... Nadir apretó los dientes. Era extraordinariamente desobediente.

Al oír cómo se abría la puerta Zoe levantó la mirada. La alegría que había en sus ojos y la repentina sonrisa le pillaron desprevenido. Realmente se alegraba de verle.

–¿Has tenido un mal día en el trabajo? –le preguntó, al ver la cara que tenía él.

–¿Has asistido al congreso sobre salud pública?

Zoe bajó la vista. Apagó el libro electrónico y lo puso junto a ella.

–No sé muy bien quién puede haberte dicho algo así.

–¿Tengo que llamar a tu asistente para que me dé todos los detalles de lo que has hecho hoy? –se aflojó la corbata con un gesto brutal.

–No. No es necesario. Sí que he asistido a algunos eventos del congreso.

Nadir sintió que una vena empezaba a palpitar furiosamente en su sien. Metió las manos en los bolsillos.

–¿Después de que yo te dijera que te mantuvieras alejada de todo lo que tuviera que ver con la medicina?

–El invitado de honor me pidió que asistiera. ¡Es una eminencia en el campo de los neonatos! –exclamó, levantándose de la silla–. Habría sido una grosería negarme.

–Seguro que se te habría ocurrido alguna excusa.

–¿Y por qué tenía que inventarme una excusa? Quería ir. Esa gente me entiende. Por fin sentí que pertenecía a algún sitio.

–No me vuelvas a desobedecer –le dijo él con un susurro fiero.

Zoe se puso rígida. El cuerpo le temblaba de pura tensión.

–¡No es que lo haya planeado precisamente!

–Lo digo en serio, Zoe.

Ella no se dio por vencida. Sacó la barbilla y sus ojos relampaguearon.

–No se puede razonar contigo. No tiene nada de malo opinar sobre medicina y tener conocimientos sobre primeros auxilios.

–No los necesitarás en Jazaar.

–Eso no lo sabes. ¿Y si caes desplomado en este preciso momento? –le dijo, apoyando las manos sobre las caderas–. ¿Quieres que dé un paso atrás y me pare a esperar a que otro te ayude?

–Sí.

Zoe parpadeó, incrédula.

–¿Lo dices en serio? ¿De verdad que no querrías mi ayuda?

Nadir vio el dolor en sus ojos. Quería borrarlo de un plumazo y decirle que su decisión no tenía nada que ver con esos conocimientos. Pero tenía que mantenerse firme.

–Mi equipo de seguridad está entrenado para cualquier tipo de emergencia. Si me enterara de que has interferido en sus funciones, me pondría furioso.

–Bueno, yo no tengo equipo de seguridad.

–Sí que lo tienes –Nadir frunció el ceño.

Ella cerró los párpados y ladeó la cabeza. Lo miró con una expresión de confusión en la mirada.

–¿De qué estás hablando?

–Has tenido a todo un equipo de seguridad siguiéndote desde que nos casamos. ¿Cómo crees que me enteré cuando entraste en esa librería de Omaira?

El corazón de Zoe dio un pequeño vuelco. Había un equipo de profesionales siguiendo cada uno de sus pasos...

Bajó la vista y entrelazó las manos. No podía delatarse delante de Nadir.

–¿Quién? ¿Cuántos? –le preguntó.

–No importa –Nadir le restó importancia a la pregunta con un gesto de la mano–. No vas a jugar a los médicos. No quiero que le des ni unas vitaminas a alguien.

Ella permaneció en silencio.

–Zoe, tienes que aprender a obedecer.

–¿O qué?

–No me provoques.

–Sé que te parece muy mal que quiera estudiar Medicina. ¿Pero sabes lo que siento yo al respecto? –le preguntó con amargura. Levantó la vista y lo miró–.

¿Sabes que siempre he querido seguir los pasos de mi padre? ¿Sabes que la medicina me fascina? ¿Lo sabes? ¿Te importa?

Nadir cruzó los brazos.

—Sé que has querido ser médico desde los trece años, cuando jugabas a las enfermeras en el hospital. Te gustaba estar allí, pero lo que querías hacer en realidad era seguir con el trabajo de tus padres.

Su respuesta la tomó por sorpresa. Jamás hubiera creído que él pudiera expresarlo tan bien, que pudiera entenderla tan bien.

—También sospecho que tienes unos cuantos libros de Medicina escondidos en ese libro electrónico.

Ella miró el aparato con ojos culpables.

—Oh.

—Te estoy protegiendo de una batalla que no puedes ganar.

—Pero me estás alejando de algo que amo.

—Lo sé —Nadir se mesó el cabello y suspiró—. Voy a darte un cargo en la comunidad médica. Así podrás participar en las tareas y competencias del Ministerio de Salud.

—No hay mujeres en ese ministerio.

—Habrá mucha oposición, pero puedo ocuparme de ello. Sé que en nuestro país el sistema sanitario deja mucho que desear, pero no sabía que la cosa estuviera tan mal hasta que te escuché.

—Y no estoy cualificada. No creo que pudiera ser de mucha ayuda en un puesto así.

—Eres la jequesa. Mi esposa. Te escucharán.

—Gracias por la oferta, Nadir. Es muy generosa. Lo pensaré.

Nadir le sujetó las mejillas con las manos y la miró a los ojos.

—Es la mejor oferta que vas a conseguir.

–Lo sé.

Él la observó durante unos segundos y entonces la soltó.

–Deberías vestirte para cenar.

Zoe asintió y se apartó.

–¿Adónde vamos?

–Vamos a cenar en el avión.

Zoe se quedó de piedra. Iban a dejar México antes de lo previsto. La henna había desaparecido de sus manos días antes, pero no había intentado huir.

–¿Volvemos a Jazaar?

–Todavía no –le dijo él, observándola con atención–. Nos vamos a Estados Unidos.

Zoe contuvo el aliento. Se llevó las manos a la boca. Lágrimas que no había derramado en mucho tiempo se agolparon en sus ojos.

–¿Te encuentras bien? –Nadir la agarró del codo.

–Sí –le dijo ella y bajó las manos. Le temblaban sin cesar–. Pensaba que no íbamos a ir a los Estados Unidos porque no tenías negocios allí en este momento.

–Tengo que asistir a unas cuantas reuniones –le dijo él lentamente y le soltó el brazo–. Pensé que te encantaría. No hacías más que sugerirme que hiciéramos un viaje rápido a los Estados Unidos.

Una alarma se encendió dentro de Zoe. ¿Había sido tan poco discreta? Miró a Nadir fugazmente. Él estaba en guardia, vigilante. Sospechaba algo.

–Gracias –le dijo con una sonrisa plástica. Se puso de puntillas y le dio un beso en la mejilla–. Es una sorpresa maravillosa.

–Ya veo.

Zoe se sonrojó al oír ese tono de voz tan seco. Tenía que controlar mejor sus reacciones. Tenía que ser más cuidadosa. No podía estropearlo todo estando tan cerca de la meta.

—¿A qué parte vamos?

—Vamos a Nueva York —dijo él sin dejar de mirarla ni un momento—. Nos quedaremos un par de días.

—Lo estoy deseando —le dijo ella, manteniendo la sonrisa a duras penas—. Me vestiré enseguida.

Se apresuró a entrar antes de que él fuera a decirle algo más, o a cambiar de opinión. Una energía salvaje palpitaba sin ton ni son en sus venas. En cuestión de horas estaría en los Estados Unidos, después de tantos años...

Miró por encima del hombro y le vio a él. Estaba tecleando algo en el teléfono, con la cabeza baja. ¿Estaba lista para abandonarle?

No lo sabía. Había pasado muchos años pensando que podría marcharse sin más, sin mirar atrás... Pero eso era antes de enamorarse de su esposo.

Era un idiota. Nadir apretó los dientes mientras tecleaba un número en el móvil. Había visto la verdad en su rostro. No era capaz de esconderla. ¿Por qué no lo había visto antes? Por fin sabía cuál era la verdadera razón por la que tenía tantas ganas de ir a los Estados Unidos.

Se frotó la frente y se puso el teléfono al oído.

—¿Grayson? —dijo cuando el jefe de seguridad de su equipo atendió la llamada—. Necesito que le sigas la pista a alguien que está en los Estados Unidos. Vigílalo bien... ¿Su nombre? Musad Ali. Vive en Chicago.

Colgó y se quedó mirando el agua cristalina de la piscina. Se sentía tentado de cancelar el viaje a Nueva York, pero probablemente sería mucho peor. La llevaría allí y le demostraría que no tenía nada en América. No había nada ni nadie que la esperara allí.

Le demostraría, de una vez por todas, que él era lo único que realmente necesitaba en el mundo.

Capítulo 13

TIMES Square era exactamente lo que esperaba encontrar. Era bastante tarde, pero las luces de anuncios y tiendas brillaban por doquier. Zoe contempló boquiabierta las enormes pantallas de televisión, tan altas como un edificio de varias plantas. Luces de mil colores parpadeaban ante sus ojos. Ríos humanos congestionaban las aceras. Los famosos taxis amarillos luchaban por abrirse camino en el denso tráfico para entrar en Broadway. El aroma a los *pretzels* que ofrecían los vendedores ambulantes flotaba en el aire.

La ciudad era energética, vibrante, ruidosa, inmensa, muy americana... Sin embargo, por alguna razón, Zoe no se sentía en casa. Echaba de menos la paz y la tranquilidad del desierto de Jazaar.

«Es porque no estás acostumbrada», se dijo a sí misma, al tiempo que salía de un opulento teatro de la mano de Nadir. Habían asistido al estreno de una obra importante.

Ella había crecido en un barrio tranquilo de Houston y había pasado varios años en un pueblo mucho más pequeño. Estaba fuera de práctica, pero se adaptaría. Una limusina los esperaba junto a la salida. Zoe se detuvo y miró a Nadir. Estaba impresionante con un esmoquin negro y lo llevaba con una facilidad envidiable. El traje realzaba su complexión atlética y sugería una vida glamurosa.

—Volvamos andando al hotel —le sugirió ella—. No está tan lejos.

Nadir la miró con ojos indulgentes.

–No te cansas de esta ciudad.

Ella le contestó con una sonrisa al tiempo que se despedía del conductor de la limusina.

Le gustaba mucho Nueva York, pero no hubiera disfrutado mucho de la ciudad de no haber estado con él. Nadir era el guía perfecto. Era divertido, atento, fascinante... Cuando estaba con él, todo era excitante, diferente. Sería difícil dejarlo todo por una vida de soledad y monotonía.

Nadir apoyó la mano en su espalda y la guio por la acera. La entrada del teatro estaba repleta de mujeres cargadas de diamantes y hombres con pañuelo blanco y corbata negra. Sin embargo, ninguno de ellos tenía la elegancia y la belleza natural de su marido.

Zoe caminó entre la multitud, aspirando el aroma a perfumes intensos y rozándose contra los abrigos de pieles, las lentejuelas... Celebridades, políticos y magnates de la industria se agolpaban ante Nadir, ansiosos por poder hablar con él. De repente Zoe se dio cuenta de que ese era el momento perfecto para desaparecer.

Ya estaba bastante oscuro y la multitud no hacía más que crecer. Casi todos estaban atentos a Nadir... Empezó a respirar más deprisa, las manos se le pusieron frías. ¿Qué podía hacer? Estaba en mitad de una tupida masa de gente; una pesadilla para un equipo de seguridad. Sabía que la boca de metro más cercana no andaba muy lejos. ¿Qué la detenía?

De pronto se dio cuenta de que no estaba preparada. Miró a su alrededor. La sangre seguía corriendo sin ton ni son por sus venas... Buscó todas las vías de escape. No podía hacerlo. No podía alejarse de Nadir de esa forma.

Él se preocuparía mucho. Pondría patas arriba toda la ciudad, buscándola, creyendo que se había perdido, que estaba en peligro en un sitio tan grande y abrumador... Buscó su mano de forma automática. Él se la agarró con fuerza de inmediato, entrelazando los dedos. Con una simple caricia, Zoe se sintió cuidada, segura. No tenía que buscarle para saber que estaba allí, listo para tomarla de la mano.

¿Estaría lista para dejarle alguna vez?

Se mordió el labio. No tenía respuesta para esa pregunta, y eso la preocupaba sobremanera. De pronto sintió la mirada de Nadir. Levantó la vista y se lo encontró mirándola. Sus rasgos duros se habían suavizado, sus ojos oscuros brillaban. Había un atisbo de sonrisa en sus labios.

—Gracias por llevarme a ver la obra —dijo ella.

—Ha sido un placer —dijo él en un tono grave y seductor.

Zoe empezó a sentir un calor muy agradable que se propagaba por todo su cuerpo. De repente fue más consciente que nunca del roce de su traje rojo contra la piel. La semana que llegaba a su fin había sido un sueño de placer y desenfreno.

—¿Qué te pareció? —le preguntó.

—Me gustó más observarte a ti —le dijo él. Se inclinó adelante y le susurró al oído—. Ese entusiasmo tuyo es muy sexy. Y todo en esta ciudad te parece excitante.

—No me eches la culpa. Todavía sigo de luna de miel.

Habían pasado la mayor parte del tiempo descubriendo Manhattan, caminando por Central Park tomados de la mano, visitando museos y tiendas... Nadir se había dedicado a ella por completo... Incluso había llegado a apagar el teléfono móvil.

—¿Seguro que puedes tomarte un descanso tan largo en el trabajo? —le preguntó mientras esperaban en un semáforo—. No quiero despertarme en mitad de la noche y encontrarte trabajando.

Nadir esbozó una media sonrisa.

−¿Por qué iba a pasarme la noche con el portátil cuando te tengo a ti en la cama?

−¿Por qué? Desde luego −dijo ella, sonrojándose. Bajó la cabeza con timidez al tiempo que cruzaban la calle. Solo en la cama podía expresar todo el amor que sentía y lo mucho que confiaba en él.

Cada día se sentía un poco más enamorada, pero tenía miedo de decirlo en alto. Al fin y al cabo el matrimonio había sido concertado. Las emociones y el amor no eran parte del trato.

Esa era la verdadera razón por la que no había huido al llegar al aeropuerto de JFK. No le habían faltado oportunidades para escapar, ni tampoco tenía miedo de lo desconocido, pero el amor que sentía por Nadir era tan fuerte que estaba dispuesta a arriesgar su libertad con tal de estar con él.

Se estremeció al sentir el golpe de la verdad. Él retiró la mano y apoyó el brazo sobre sus hombros. Ella suspiró y se dejó envolver por su fragancia. La noche era fría.

−¿Tienes frío? −murmuró Nadir. Caminaban a la par, abrazados−. Ya casi hemos llegado al hotel.

Zoe apoyó la cabeza sobre su pecho. ¿Y si se quedaba con él? ¿Sería tan malo? Pensó en ello al tiempo que entraban en el lujoso vestíbulo del hotel. Una mano fría se cerró alrededor de su corazón. Si regresaba a Jazaar con Nadir tendría que renunciar a su futuro. Ya nunca podría ser médico... ¿Pero realmente podía llegar a ser médico?

Entraron en el ascensor.

Ni siquiera sabía si podía entrar en la universidad... Cuando las puertas se cerraron, Zoe se quedó mirando los números brillantes que parpadeaban en la pantalla. ¿Realmente estaba considerando la posibilidad de cam biar de objetivos a esas alturas? ¿Podía quedarse con Nadir, un hombre al que todos conocían como La Bestia?

–Te has quedado muy callada –le dijo él, rozándole las yemas de los dedos con los labios–. ¿Qué piensas?

–Bueno, en realidad estaba pensando en ese apodo que te han puesto.

Nadir se quedó muy quieto.

–¿Qué pasa con ello?

–¿Qué pasó en la noche de bodas con Yusra?

Nadir apretó un botón y detuvo el ascensor.

–¿Por qué quieres saberlo?

Ella se encogió de hombros.

–No tiene sentido para mí. Utilizas tu reputación para intimidar a tus oponentes, pero yo sé que no eres un hombre violento.

Nadir la miró fijamente a los ojos. Su expresión era hermética, pero ella sabía que estaba en guardia.

–Yusra tuvo un aborto natural después de la ceremonia.

–Oh.

Zoe sintió que el corazón se le encogía. Él había estado con ella. ¿Cómo no iba a estarlo? Yusra era preciosa, la perfecta novia de Jazaar. Sintió el aguijón de los celos. Habían hecho el amor de verdad, y ella se había quedado embarazada... Había llevado a su hijo en el vientre.

–Yo pensaba que el matrimonio había sido concertado.

–Y lo fue. El bebé no era mío.

Zoe se quedó boquiabierta.

–No me lo creo. ¿Yusra? Me resulta muy difícil de creer. ¿Y quién era el padre?

–No lo sé. No quiso decírmelo.

–Toda esa sangre, el dolor... Ahora lo entiendo. Me

sorprende que a nadie más se le haya ocurrido. Estaban demasiado dispuestos a creerse la historia de Yusra.

—Yo podría haber manejado la situación mucho mejor —admitió Nadir y apartó la vista—. Podría haber anulado la boda de una forma más discreta. Estaba furioso y dejé que la rabia se me subiera a la cabeza.

—Pero tenías que terminar con esa relación, ¿no? No podías confiar más en ella.

Él asintió con la cabeza.

—Solo se lo dije a mi familia.

Zoe le apretó la mano.

—Deberías haberte defendido cuando empezaron los cuchicheos.

—No. Eso hubiera dejado a Yusra en una posición muy difícil. Estaba furioso con ella, pero si se hubiera llegado a saber, la habrían castigado con severidad por haber tenido sexo fuera del matrimonio. Ya fue bastante difícil que no se supiera nada del informe del hospital.

—Debería haber sabido que había sido eso.

—¿Cómo ibas a saberlo?

—Llevo un mes casada contigo. He visto lo mejor y lo peor de ti. Sé que nunca le harías daño a una mujer.

Nadir apoyó la frente contra la de ella y suspiró.

—Gracias, Zoe.

—Pero no tenías por qué aceptar esa reputación de La Bestia. Seguro que había gente que estaba dispuesta a creerte.

—Tú crees en mí —le dijo, rozando los labios contra los de ella—. Eso es todo lo que necesito.

De repente Zoe supo que había tomado una decisión. Iba a quedarse con él. Un nerviosismo incontrolable empezó a burbujear en su interior. Tenía que estar con él. Eran un equipo, una pareja... Podía imaginarse a su lado, construyendo un futuro, teniendo una familia.

—Ya basta de hablar de Yusra —le dijo él—. Quiero

llevarte a bailar. Podemos ir a la discoteca que me sugeriste.

–No tardo nada en cambiarme –dijo ella, inclinándose contra él y absorbiendo su calor y su fuerza–. ¿Y qué vamos a hacer mañana?

–Lo que quieras –le dijo él–. Es nuestro último día aquí.

Zoe sintió que se le aceleraba el pulso. Se apartó de él.

–¿Vamos a volver a Jazaar?

No quería que su voz sonara ansiosa y exaltada, pero no pudo evitarlo.

–Sí.

Un frío sudor cubrió la frente de Zoe. El estómago se le agarrotó. Se sentía atrapada de repente, enjaulada en ese ascensor. ¿Qué le estaba ocurriendo? Había tomado una decisión, pero su instinto aún empujaba en la dirección contraria.

Se frotó la frente con una mano temblorosa. ¿Había pensado bien las cosas?

Nadir se volvió y le sujetó las mejillas con ambas manos. Le dio un beso. El pánico se desvaneció y las dudas se esfumaron. Le devolvió el beso.

Sí había tomado la decisión adecuada. Sobreviviría en Jazaar porque tenía a Nadir a su lado. Esa vez todo saldría bien.

Apenas oyó el timbre del ascensor. Las puertas se abrieron de golpe en el ático. En la mirada de Nadir había mil promesas de placer.

Cuando entraron en la suite, el mayordomo fue hacia ellos.

–Buenas noches, Altezas. Espero que hayan disfrutado mucho de la obra.

–Sí –dijo Zoe con una sonrisa mientras Nadir la ayudaba a quitarse el chal–. Gracias.

–Tienen visita –les dijo el empleado al tiempo que agarraba sus abrigos.

Zoe vio algo por el rabillo del ojo. Se volvió y vio a Rashid, el hermano de Nadir. Acababa de entrar por la puerta que daba al balcón, con cara de pocos amigos. Zoe lo recibió con una sonrisa de cortesía, pero él la ignoró por completo.

Sin saber por qué, Zoe se dio cuenta de que la luna de miel había llegado a su fin.

–Rashid, tienes que mejorar tus modales –dijo Nadir al tiempo que Zoe se retiraba al dormitorio para cambiarse. Esperó a que cerrara la puerta y se volvió hacia su hermano–. No solo me has arruinado la luna de miel, sino que también has sido bastante grosero con Zoe.

Rashid no le hizo mucho caso.

–Será mejor que tengas una buena razón para estar aquí –le dijo Nadir, frunciendo el ceño. Le invitó a sentarse.

En otras circunstancias se hubiera alegrado mucho de ver a su hermano, pero...

–Llevas más de un mes de luna de miel –Rashid se recostó en el sofá y extendió los brazos sobre el respaldo.

–También me he ocupado de unos cuantos negocios.

–Solo te estoy transmitiendo un mensaje de nuestro padre –Rashid apoyó un pie sobre la otra rodilla–. Eres el jeque y tienes que hacerte cargo de los asuntos de estado.

–Y voy a volver pasado mañana –Nadir fue hacia la ventana y contempló las vistas de Times Square–. ¿No podías esperar un poco?

–Quería que supieras a lo que te enfrentas –Rashid se levantó de su silla y fue a pararse junto a su hermano–. Mucha gente ha dicho que La Bestia ha sido domesticada por su esposa americana.

Nadir casi se rio.

–Muy pronto olvidarán ese apodo.

–Creen que te has vuelto blando –le dijo Rashid–. Ahora están atacando muchas de tus ideas más progresistas porque ya no te ven como a un gobernante cruel e implacable.

–Eso es absurdo. Ya les enseñaré a no subestimarme.

Y cuando llegaran a conocer bien a Zoe, la amarían y reconocerían como la futura sultana.

–Además, quiero que Zoe se incorpore en el Ministerio de Sanidad. Está muy interesada en la medicina y lleva años trabajando como ayudante del médico en su pueblo. Ha ayudado a muchas mujeres.

Rashid se dio la vuelta de pronto y miró a su hermano con ojos de estupefacción.

–No puedes estar hablando en serio –susurró, escandalizado.

–¿Y por qué no?

–Te casaste por motivos políticos –Rashid señaló la puerta del dormitorio–. Zoe Martin no es más que un medio para conseguir un fin.

Nadir apretó la mandíbula.

–Y ahora te la llevas de viaje de recreo –Rashid señaló a su alrededor–. Dicen por ahí que sigues su consejo en todo, que haces todo lo que te dice. Y ahora, de repente, ¿va a tener un puesto poderoso en el gobierno? Debe de ser muy buena en la cama.

Nadir agarró a su hermano de la camisa y le acorraló contra la ventana.

–Ten mucho cuidado con lo que dices de Zoe. Es mi esposa.

–Es tu talón de Aquiles. Se suponía que casándote con ella ibas a resolver todas las desavenencias con su tribu, pero lo que ha pasado en realidad es que esa mujer te ha occidentalizado.

–¿Crees que alguien me puede decir lo que tengo que hacer?

–No lo pensaba hasta que conocí a Zoe –Rashid se soltó con brusquedad–. Pero los rumores que circulan por el mundo de los negocios dicen otra cosa. Dicen que estás tan encaprichado de ella que apenas puedes pensar con claridad.

Nadir arqueó una ceja.

–Los empresarios de Atenas no van a estar de acuerdo contigo, me parece.

Lo de México era otro asunto, pero después de discutirlo todo con Zoe, el acuerdo había salido bien casi por arte de magia.

–No estás tan centrado como antes. No tienes el mismo empuje. Tu esposa se está convirtiendo en una peligrosa distracción.

–¿Y qué pasa si no puedo estar en todas las reuniones, o si no se me puede localizar en todo momento? No tengo que dar explicaciones de todo lo que hago.

–Creo que te estás comportando como un idiota con tu mujer. ¿Vas a darle un puesto de responsabilidad en el Ministerio de Sanidad? ¿Pero es que te has vuelto loco?... ¿Qué pasó con los planes que tenías? Ibas a mandarla al palacio de las montañas. Se iba a quedar allí para que no fuera un estorbo, para que pudieras volver a tu vida de antes en Omaira.

–¿Ah, sí?

–Zoe es un punto débil. Tienes que dejar de posponer las cosas y seguir el plan tal y como estaba previsto. Cuanto antes, mejor.

Zoe cerró la puerta del dormitorio rápidamente y se apoyó contra la pared. El corazón se le salía por la boca. Sentía retortijones en el estómago. Las palabras de Rashid le daban vueltas en la cabeza. Nadir la iba a enviar a las montañas... La habitación empezó a dar vueltas a su alrededor de repente. Se aferró a una silla. Las piernas le fallaron. Se sentó. Apenas podía dar crédito a lo que acababa de oír. Sacudió la cabeza lentamente y se quedó mirando la puerta cerrada. Nadir se la había jugado. No confiaba en nadie, pero en él sí que había creído. Había pensado que le importaba de verdad, pero estaba equivocada. Él solo estaba interesado en el sexo. Apoyó la cabeza en las manos y respiró hondo, tratando de contener las náuseas. Se sentía como si acabara de esquivar una bala. Había estado a punto de abandonar un sueño por él. Era una locura, horripilante... Hizo una mueca de dolor. ¿Lo del trabajo en el ministerio había sido una mentira? Todas esas caricias, esas conversaciones tan dulces hasta altas horas de la madrugada... ¿Todo eso era mentira?

Levantó la cabeza. La expresión de sus ojos había cambiado. Se tragó las lágrimas y respiró profundamente. Se puso erguida y se quitó el pelo de la cara. La rabia había empezado a crecer en su interior; la carcomía por dentro. Esbozó su mejor sonrisa. Había llegado la hora de salir al escenario.

Abrió la puerta de golpe y entró en la sala de estar. Miró hacia los hombres, pero tuvo cuidado de esquivar la mirada de Nadir. Fue hacia ellos contoneándose como si estuviera lista para salir de fiesta.

–Siento haber tardado tanto –le dijo a Nadir sin mirarlo apenas–. Rashid, ¿vas a salir de juerga con nosotros?

Rashid eligió no contestar.

–¿Salir de juerga? –Nadir la miró de arriba abajo, admirando el vestido azul de tubo que se había puesto y sus tacones de vértigo.

Zoe vio la tensión sexual que brillaba en su mirada.

Su propio cuerpo, traicionero, reaccionaba con rapidez. Sentía el roce de los pezones contra la tela del sujetador.

–Lo siento, Zoe –dijo Nadir en un tono que sonaba cercano al arrepentimiento–. No vamos a poder salir hoy. Ha surgido algo.

–Oh, qué pena –hizo un puchero y vio que la mirada de Nadir se posaba en sus labios.

Era mejor que no se fijara en sus ojos.

–Bueno, puedo ir yo sola.

–¿Ir... tú sola? –repitió Nadir.

Rashid se quedó boquiabierto.

–Estaré bien –dijo ella, gesticulando.

Corrió hacia el ascensor. El repiqueteo de sus tacones iba en sincronía con los latidos de su corazón.

–Tengo un equipo de seguridad. No me va a pasar nada.

–No vas a ir a una discoteca.

Ese tono brusco de Nadir hubiera hecho obedecer a cualquiera, pero Zoe ya había dejado de escuchar. Necesitaba escapar antes de que volvieran a Jazaar. Tenía que alejarse de Nadir antes de convencerse de lo contrario.

–Pero si vas a estar muy ocupado –le dijo, apretando el botón del ascensor.

–Zoe, te vas a quedar aquí –le dijo él.

Cuando las puertas del ascensor se abrieron ya estaba a su lado. La agarró del codo y la hizo volverse hacia él.

–En realidad, el trabajo que tengo que hacer de forma urgente no me llevará mucho tiempo. Rashid y yo vamos a trabajar aquí.

Zoe empezó a desesperarse. Tenía que salir de allí. Tenía que desaparecer, pero Nadir no quería quitarle la vista de encima.

–Bájate un libro electrónico –le sugirió, alejándola del ascensor–. Volveré enseguida,

–Si insistes –Zoe se dio cuenta de que no iba a poder salir esa noche. Tenía que buscar el momento adecuado–. Buenas noches, Rashid –dijo con una sonrisa.

Rashid no dijo ni una palabra. Dio media vuelta.

–Buenas noches, Nadir –le dio un beso en la mejilla.

Debería haberse ido cuando había tenido oportunidad. Pero estaba dispuesta a reparar el error a toda costa...

Capítulo 14

QUE se ha ido? –Nadir levantó la cabeza de golpe. Una ola de pánico le atravesó como una corriente eléctrica.

Se quedó mirando a Grayson, su jefe de seguridad.

–¿Qué quieres decir con que Zoe se ha ido? ¿Adónde?

–No lo sabemos, Su Alteza.

–La perdimos cerca del Rockefeller Plaza.

Zoe no estaba.

Las palabras retumbaron en su cabeza.

Se había pasado toda la noche trabajando con su hermano, pero había ido a verla a primera hora de la mañana. Aún estaba dormida. Había querido despertarla, pero tenía una reunión a la hora del desayuno que no podía perderse.

Se frotó la cara. Debería haberla vigilado más de cerca.

–Cabe la posibilidad de que se haya perdido, pero es poco probable. La hubiéramos encontrado.

–¿Cuánto hace que desapareció? –Nadir se puso en pie. Empezó a caminar de un lado a otro por detrás del escritorio. Deberían habérselo dicho de inmediato–. Zoe no se ha perdido. Hubiera vuelto al hotel.

–Tenemos en marcha el protocolo de emergencia –le aseguró Grayson–. Si hubiera sido un secuestro, los teléfonos...

–No es un secuestro –se detuvo delante de la ventana que daba al río Hudson.

Zoe siempre había querido ir a los Estados Unidos, pero solo había una cosa por la que quería estar allí. Nadir cerró los párpados. Se dejó arrastrar por la marea de los celos.

Una persona...

—Contactamos con el mayordomo en la suite del hotel —le dijo Grayson—. La jequesa no hizo las maletas. No falta nada.

—Comprueba el paradero de Musad Ali —Nadir miró al cielo, gris y encapotado—. Si le encuentras, encontrarás a Zoe.

—No puede haber llegado muy lejos —dijo Grayson—. Miraré las listas de las compañías aéreas, concesionarios de alquiler de coches, estaciones de autobuses, de tren... Es una pena que no tenga teléfono móvil. Podríamos haberle seguido la pista a través del GPS.

Nadir se quedó inmóvil un momento. Había una posibilidad. Levantó la cabeza lentamente y se volvió hacia Grayson.

—Hay una forma de seguirle la pista.

—Muy bien. ¿Cómo quiere que la busque?

Nadir soltó el aliento.

—No vamos a buscarla —respiró profundamente—. La dejamos ir.

Unos meses más tarde...

—¿Seguro que quieres irte a casa, Zoe? —le preguntó Cathy.

Estaban delante de su bloque de apartamentos.

—Ni siquiera son las doce.

—Gracias, pero mañana es mi primer día de trabajo —le dijo Zoe a su pequeño grupo de amigos—. No puedo presentarme allí después de estar de fiesta toda la noche.

–Muy bien. De acuerdo –dijo Cathy–. Lo entendemos.

–¡Buenas noches! –les gritó Zoe, despidiéndose con la mano.

Era divertido salir con sus amigos de clase. No tenían mucho en común, pero por lo menos así no se sentía tan sola.

Solo llevaba unos pocos meses en Houston, Texas. Gracias a unas cuantas casas de empeño y a su extraordinario talento para el regateo, adquirido en Jazaar, había conseguido algunas cosas de su lista de sueños. Había aprobado el examen final de bachillerato y pronto empezaría a recibir clases nocturnas.

También había conseguido un empleo como recepcionista en la consulta de un médico.

Volver a Houston, no obstante, no había sido lo que solía imaginar durante los días más oscuros vividos en Jazaar. La casa en la que había vivido durante la infancia hacía sido derribada y en su lugar habían construido nuevas viviendas. Sus amigos de toda la vida se habían marchado. El hospital, que había sido como un segundo hogar para ella, había cambiado tanto que apenas lo reconocía. No había casi nada que le recordara a sus padres. Solo quedaban sus tumbas en el cementerio.

Lentamente Zoe intentaba reconstruir su vida. Había comprado un pequeño apartamento. Levantó la vista y contempló el bloque de viviendas; nada fuera de lo común. El piso era tan pequeño que apenas cabía una mesa y un sofá cama. Pero eso era todo lo que necesitaba. Además, era suyo.

Al abrir la puerta de seguridad se dio cuenta de que su amigo Timothy estaba a su lado.

–Te acompaño –le dijo él, sujetándole la puerta.

–Gracias, pero puedo apañármelas.

–Insisto –la agarró del codo y la llevó al interior del edificio.

Zoe se mantuvo en silencio mientras caminaban por el largo pasillo. Timothy no tardaría en darse cuenta de que no necesitaba ayuda. No sabía mucho de su vida. Ninguno de sus amigos sabía mucho. Todavía era un poco reservada con ellos y no les había contado casi nada de su pasado. Además, probablemente no la creerían. ¿Qué jequesa llevaba ropa comprada en una tienda de segunda mano?

Tal vez ya no fuera jequesa, de hecho... No había vuelto a tener contacto alguno con su marido. Nadir nunca la había encontrado.

¿La había buscado?

A lo mejor ya estaba buscando a otra esposa, alguien más apropiado.

Ahuyentó ese pensamiento cuando llegó a la puerta. Sacó las llaves.

–Ya me las arreglo. Gracias, Timothy.

–De nada –el joven apoyó el brazo contra el marco de la puerta y se inclinó hacia ella–. Buena suerte en tu primer día de trabajo.

–Gracias. Estoy un poco nerviosa.

–Lo harás muy bien –dijo él y entonces le puso la mano sobre el hombro–. Deberíamos celebrarlo mañana por la noche.

–Me encantaría, pero casi todos tienen clase mañana.

–Me refería a que lo celebráramos nosotros dos solos –le apretó el hombro–. Como en una cita.

A Zoe se le cayeron las llaves. Se agachó rápidamente. No tenía ni idea de que Timothy pudiera estar interesado en ella. Era un buen chico, amable y trabajador. Además, era apuesto y divertido. No corría peligro alguno con alguien así.

Pero no era Nadir.

Y ese era el problema. Zoe cerró los ojos y se dejó apabullar por el dolor y el arrepentimiento. Todavía estaba enamorada de su esposo. Lo echaba tanto de menos... No podía ni pensar en la idea de estar con otro hombre.

–Gracias, Timothy, pero no puedo –le dijo, incorporándose y asiendo las llaves con fuerza–. Acabo de salir de una relación y...

Él levantó las manos, rindiéndose.

–No me digas más. Lo entiendo. No es el momento adecuado.

–Eso es.

–Entonces esperaré.

Zoe apretó los dientes.

–Te mandaré un mensaje mañana para ver cómo te fue el trabajo –añadió. Le dio un beso en la mejilla–. Que tengas dulces sueños.

–Buenas noches –contestó ella con suavidad y le vio marchar.

Sacudió la cabeza y entró en el apartamento. Encendió las luces y se quedó de piedra. Nadir estaba sentado en el sofá cama.

–¡Nadir!

Tenía un aspecto amenazante con ese traje negro de firma. Parecía calmado, pero estaba alerta, vigilante, listo para atacar.

–¿Quién es ese angelito?

–¿Pero qué estás haciendo aquí? ¿Cómo has entrado?

–He venido a llevarte a casa.

–¿Cómo me has encontrado?

Nadir se puso en pie.

–Tu libro electrónico tiene conexión Wi-Fi. Mi equipo de seguridad fue capaz de localizar tus coordenadas el día que te fuiste.

Zoe sintió que una sonrisa le tiraba de la comisura

de los labios. Al final había tenido que empeñar el libro electrónico, al igual que todo lo demás.

—¿Siempre has sabido dónde estaba? No te creo.

—Te dejé marchar porque pensé que finalmente había conseguido averiguar la verdadera razón por la que te habías casado con La Bestia —dijo Nadir con suavidad, casi con indiferencia—. Salir de la casa de tu tío era solo el primer paso.

Ella guardó silencio. No tenía sentido negarlo. Era la verdad.

—Pero no podías salir de Jazaar a menos que fueras acompañada por un familiar varón —le dijo, dando un paso adelante—. Tu tío Tareef quería tenerte bajo llave. No había nadie en tu familia que pudiera atreverse a contrariar a tu tío. Por suerte para ti, la cosa cambiaba con tu marido.

Zoe apretó los dientes. No iba a sentirse culpable.

—Pensaba que querías ir a los Estados Unidos por razones sentimentales —un músculo se contrajo en su mandíbula—. Me di cuenta de lo que estaba pasando cuando estábamos en México.

—Pero me llevaste a los Estados Unidos de todos modos.

Nadir se encogió de hombros. Había dolor en sus ojos.

—Pienso que quizá había sido demasiado arrogante pensando que ibas a elegirme a mí.

Zoe se mantuvo en silencio. No le iba a dar ninguna satisfacción.

—Pero mi sacrificio no sirvió de nada. No te encontraste con él. No te pusiste en contacto, ni siquiera lo intentaste.

Zoe frunció el ceño.

—¿Encontrarme con quién?

—Con Musad Ali —dijo él—. Tu primer amor.

Ella lo miró con ojos perplejos.

–¿Crees que hice todo esto para salir del país y poder reencontrarme con... Musad?

Él asintió.

–Esto es increíble. ¿Crees que pasé por todo esto para reunirme con un hombre que me trató como si fuera basura? –apoyó las manos en las caderas–. ¿Pero qué clase de mujer te crees que soy? ¿De verdad crees que iba a querer estar con alguien que me abandonó y me expuso a unos cotilleos tan peligrosos?

–¿Y qué se supone que tenía que pensar?

Zoe fulminó a Nadir con la mirada.

–La única razón por la que podría querer seguirle la pista a Musad sería para darle una buena patada en el trasero. Pero, sinceramente, ni siquiera eso merece la pena.

–Eso lo dices ahora porque te dejó plantada.

–Déjame que te aclare las cosas de una vez –le dijo. Tenía las mejillas encendidas–. Musad era mi amante. El énfasis está en la palabra «era». No estoy enamorada de él, ni lo estuve jamás.

–¿Entonces por qué te escapaste ese día? ¿Por qué me dejaste?

–Porque estaba dispuesta a sacrificar todos mis sueños por estar contigo. No sabía nada de tus planes. Pero tú no tenías intención de tener una relación conmigo una vez terminara la luna de miel.

Nadir dio un paso atrás.

–Yo nunca dije eso.

Zoe hizo una mueca. Todavía seguía mintiéndole.

–Te oí, Nadir. Te oí hablando con Rashid la última noche que estuvimos juntos. Tenías pensado abandonarme en las montañas de Jazaar.

Nadir masculló un juramento brutal y se peinó con los dedos.

–Eso fue antes de conocerte.

–Querrás decir antes de descubrir la química sexual que había entre nosotros, ¿no? –cruzó los brazos–. Por eso me permitiste acompañarte en tu viaje de negocios. De lo contrario, me hubieras encerrado mucho antes.

Nadir apretó la mandíbula.

–Me gustaría pensar que lo que hay entre nosotros es algo más que pura química sexual.

–Lo era. Era mucho más para mí –confesó ella. Sentía las lágrimas en los ojos–. Aprendí a confiar en ti aunque estuviera arriesgándolo todo por estar a tu lado. Estaba dispuesta a dejar de lado mis sueños por ti. Estaba dispuesta a seguirte hasta Jazaar porque te amaba.

El rostro de Nadir hablaba por sí solo. Se había quedado perplejo. ¿Cómo era posible que no se hubiera dado cuenta antes?

–En realidad pensé que podría volver a Jazaar, el único sitio que juré no volver a pisar –sintió que una lágrima se deslizaba sobre su mejilla. Se la secó con un movimiento brusco–. Sabía que tú no me querías a mí, pero cuando estaba contigo me sentía cuidada, amada. Y todo resultó ser una mentira.

–No es una mentira –Nadir trató de alcanzarla, pero ella retrocedió.

Dio contra la puerta.

–Te quiero, Zoe. Quiero que vuelvas.

Zoe contuvo el aliento. No iba a creerle. Se traía algo entre manos.

–No voy a volver. ¿De verdad crees que puedo confiar en ti después de todo lo que oí?

–Quiero estar contigo. Todos los días. Todas las noches –dio otro paso más hacia ella–. Te quiero a mi lado.

Ella sacudió la cabeza.

–¿Por qué? ¿Por qué ahora, después de tantos meses?

–Pensaba que estaba haciendo lo que era mejor para ti. Dejarte marchar fue lo más duro que he hecho jamás.

–Pero no me dejaste marchar. En realidad no lo hiciste. Me has estado siguiendo la pista todo el tiempo.

–Tenía que asegurarme de que estabas bien. Me mantuve al margen para que pudieras vivir como tú quisieras. Pero no puedo dejarte marchar. Te necesito en mi vida.

–No. No me necesitas. Tienes que buscarte otra esposa. Yo soy la peor jequesa de toda la historia. No soy una auténtica mujer de Jazaar, como debe ser –levantó el tono de voz al verle avanzar hacia ella–. Soy un punto débil.

–Eso no es cierto –Nadir apoyó las manos contra la puerta, encajonándola–. Tú eres la esposa a la que quiero. Eres la consejera que necesito. Hacemos un gran equipo.

–No –no quería recordar esos momentos, cuando creía que estaba conectada a él, cuando creía que estaban destinados a estar juntos.

–Zoe... –apoyó la frente contra la de ella–. Hago sacrificios todos los días para cumplir con mi deber. He dejado a un lado muchas cosas para cumplir con mi destino. Pero no pienso dejarte a ti a un lado.

Le dio un beso. Pero ella se mantuvo inmóvil, ajena.

–Por favor, Zoe –la voz de Nadir sonaba llena de emoción–. Dale una oportunidad a nuestro matrimonio. No puedo vivir sin ti.

–Y yo no puedo vivir contigo –susurró ella.

Apoyó las manos sobre su pecho y trató de apartarle.

–No en Jazaar, no en un lugar donde tengo que vivir encerrada, escondida.

–Haré todo lo que esté en mi mano para protegerte a ti y a tus sueños –le dijo, rodeándole las manos con las suyas propias.

Zoe sintió cómo le temblaban.

–Tendrás los mejores profesores para que puedas hacer la carrera de médico.

–El gobierno te lo impedirá.

–Lucharemos juntos, como un equipo. Y lucharemos por tu derecho a ejercer la medicina.

–Sería toda una batalla.

–Pero merecerá la pena –le dio un beso en la palma de la mano–. Y podrás viajar siempre que quieras, sin el permiso de un pariente varón.

–¿Y no te preocupa que me escape?

–Confío en ti.

Ella lo miró a los ojos y vio que decía la verdad.

–Nadir... No sé si puedo volver. Siempre me he sentido atrapada allí.

–Lo sé.

–Quiero estar contigo, pero no sé si puedo arriesgarme.

–Y por eso nos vamos a quedar aquí.

Zoe abrió los ojos, sorprendida. ¿Había oído bien?

–¿Aquí? ¿En Texas? Pero tienes que estar en Jazaar. Tú mismo lo has dicho.

–Tendremos una casa aquí y otra en Jazaar. Viajaré a mi hogar cuando sea necesario. Tú puedes volver a Jazaar cuando estés lista.

–Pero Jazaar...

–Está atravesando muchos cambios. Cuando volví a Jazaar, vi el país a través de tus ojos. Estoy tratando de convertirlo en un lugar donde puedas sentirte segura y libre.

–¿Has hecho todo eso? ¿Por mí? –le sujetó las mejillas con ambas manos y lo miró a los ojos, sorprendida–. ¿Y si nunca estoy lista para volver?

–Entonces nos asentaremos en otro sitio. Viviré donde tú quieras. Dime que estás dispuesta a darme otra oportunidad, por favor.

El corazón de Zoe latía con fuerza. Lo miró a la cara.

–Sí, Nadir. Quiero compartir mi vida contigo. Quiero que nos demos otra oportunidad.

Los ojos de Nadir emitieron un destello triunfal.

–No te arrepentirás, Zoe. Te lo prometo.

–Te creo –dijo ella con una sonrisa trémula.

Nadir capturó sus labios con un beso brusco y hambriento.

Epílogo

Dos años más tarde

Zoe iba sentada delante de Nadir, sobre su caballo árabe, fuerte y enorme. Ambos miraban hacia el horizonte. El sol se ponía como una bola de fuego y se escondía tras las dunas de Jazaar. Una brisa fresca le agitaba el caftán, pero se sentía segura en sus brazos. Sonrió. Ríos de azafrán y oro teñían de luz el firmamento.

–Tienes razón –le dijo, inclinando la cabeza sobre el hombro de él–. Una puesta de sol de Jazaar es una de las cosas más maravillosas que existen.

–Creo que he dicho que no hay nada que se le pueda comparar.

Zoe sentía cosquillas en la piel después de sus caricias.

–No sé si es verdad eso. No he viajado tanto como tú. Sin embargo...

Nadir había viajado solo unas cuantas veces durante ese año para asistir a congresos de salud pública. Zoe le acompañaba siempre que podía, pero tampoco le gustaba pasar mucho tiempo lejos de casa.

Las pinceladas de oro se esfumaron y el cielo tomó la tonalidad de un zafiro.

–Jazaar es más hermoso cada día –dijo él, suspirando.

–Estoy de acuerdo –dijo ella.

Nadir la miró.

–¿De verdad lo crees?

–Sí... Creo que la inscripción de la placa del hospital ginecológico fue muy acertada. Me gustó mucho.

Había sido todo un desafío hacerse oír ante la dirección del Ministerio de Sanidad, pero finalmente lo había conseguido.

–Para tus padres hubiera sido todo un honor saber que el hospital se llama como ellos.

Ella asintió.

–Estoy deseando abrir más hospitales por todo el país.

–Y algún día trabajarás en esos hospitales.

Zoe oyó orgullo en su tono de voz.

–Algún día... Me alegro de no tener que asistir a más congresos de momento –añadió, tocándose la barriguita, escondida bajo los pliegues del caftán–. Me voy a quedar en casa durante un año o dos.

–Buena idea –Nadir puso sus manos sobre las de ella–. ¿Seguro que no te aburrirás?

–¿Me lo dices en broma? Tengo una agenda muy apretada antes de que llegue este bebé.

Tenía tantos sueños... Y Nadir la ayudaba tanto... La vida le sonreía.

–Deberíamos volver al campamento –dijo Nadir, tirando de las riendas del caballo–. Tu profesor de árabe estará esperándonos.

–¿Puedo saltarme la clase esta noche?

–¿No quieres leerle cuentos de Jazaar al bebé?

–A este paso, será nuestro bebé el que me los lea a mí.

Nadir se rio a carcajadas.

–A lo mejor necesitas otro incentivo. ¿No te gustaría leer nuestro contrato de matrimonio? ¿No quieres saber lo que tuve que prometerte?

–No hace falta. Me has dado todo lo que necesito.

Nadir la agarró de la barbilla y la hizo mirarlo a los ojos. El corazón de Zoe se aceleró al ver todo el amor que palpitaba en sus pupilas.

–Te quiero, Zoe –le dijo y entonces le dio un beso.

Ella le sujetó las mejillas con ambas manos y se lo devolvió con fervor. Sabía que él la amaba, pero le gustaba oírlo todos los días. Nadir jamás la defraudaría. Era el hombre en quien podía confiar, el hombre al que podía amar. Era el hombre en quien podía apoyarse.

–Te quiero, Nadir. Vámonos a casa.

Bianca

El infierno no tiene tal furia...

Para Tarn Desmond la familia lo era todo. Así que cuando Caspar Brandon, un poderoso magnate, destrozó a su adorable hermana, Tarn decidió que ese playboy debía pagar por ello.

Caz se sintió intrigado por la belleza de la chica nueva de su oficina... Nunca lo habían rechazado y eso intensificó el deseo que sentía por ella. A medida que el engaño de Tarn avanzó, su determinación se debilitó ante la insistente provocación sensual de Caz.

Ella no había contado con que la venganza pudiera costarle un precio tan alto: su corazón... ¡y su cuerpo!

Deseo implacable

Sara Craven

Acepte 2 de nuestras mejores novelas de amor GRATIS

¡Y reciba un regalo sorpresa!

Oferta especial de tiempo limitado

Rellene el cupón y envíelo a
Harlequin Reader Service®
3010 Walden Ave.
P.O. Box 1867
Buffalo, N.Y. 14240-1867

¡Sí! Por favor, envíenme 2 novelas de amor de Harlequin (1 Bianca® y 1 Deseo®) gratis, más el regalo sorpresa. Luego remítanme 4 novelas nuevas todos los meses, las cuales recibiré mucho antes de que aparezcan en librerías, y factúrenme al bajo precio de $3,24 cada una, más $0,25 por envío e impuesto de ventas, si corresponde*. Este es el precio total, y es un ahorro de casi el 20% sobre el precio de portada. !Una oferta excelente! Entiendo que el hecho de aceptar estos libros y el regalo no me obliga en forma alguna a la compra de libros adicionales. Y también que puedo devolver cualquier envío y cancelar en cualquier momento. Aún si decido no comprar ningún otro libro de Harlequin, los 2 libros gratis y el regalo sorpresa son míos para siempre.

416 LBN DU7N

Nombre y apellido	(Por favor, letra de molde)

Dirección	Apartamento No.	

Ciudad	Estado	Zona postal

Esta oferta se limita a un pedido por hogar y no está disponible para los subscriptores actuales de Deseo® y Bianca®.
*Los términos y precios quedan sujetos a cambios sin aviso previo.
Impuestos de ventas aplican en N.Y.

SPN-03   ©2003 Harlequin Enterprises Limited

Deseo

La conquista del jeque
OLIVIA GATES

Para el príncipe Haidar Aal Shalaan tomar las riendas de aquel reino sumido en el caos era una cuestión de honor. Pero sus rivales al trono no eran fáciles de derrocar. Y luego estaba Roxanne Gleeson, la única mujer cuyo recuerdo no podía borrar de su mente, la amante que una vez le había rechazado y que fingía un frío desdén hacia su salvaje pasión pasada… y todavía presente.

Pero Haidar no renunciaría ni al trono de su tierra natal ni a llevarse otra vez a Roxanne a la cama. Lo primero era su derecho de cuna, y lo segundo el deseo de su corazón. Y juntos suponían su redención.

¿Conseguiría el trono y el amor?

¡YA EN TU PUNTO DE VENTA!

Bianca.

Se ocultó de los periodistas...
en la habitación de hotel de un guapo desconocido

Vio cómo cancelaban su vuelo y cómo su prometido la dejaba por sus aspiraciones políticas. Además, la prensa iba pisándole los talones. Así eran los días en la vida de la discreta heredera Charlotte Dumont.

Entonces, Nic Russo le ofreció su habitación de hotel para que pudiera esconderse. ¿Iba a pedirle él algo a cambio? ¿Acaso le importaba a Charlotte? Ella se había pasado una vida entera de privilegios guardando las apariencias, no perdiendo el control jamás y no dejándose llevar nunca. Aquella noche, tal vez, podría perder la cabeza con Nic para luego regresar a la mañana siguiente a su ordenada existencia...

El precio de la fam.

Anne Olive